Flannery O'Connor

天竺葵

[美]弗兰纳里·奥康纳 著

刘衍衍 译

上海译文出版社

目录

001 / 天竺葵

019 / 理发师

037 / 野猫

049 / 庄稼

063 / 火鸡

080 / 火车

094 / 削皮器

121 / 公园之心

142 / 伊诺克和大猩猩

154 / 帕翠枝镇上的节日

190 / 外邦为什么争闹？

197 / 你不会比死人更惨

224 / 译后记

天竺葵

老杜德利蜷缩在那把日渐和他身体融合的椅子里，朝窗外望去，十五英尺外，是另一扇窗，嵌在发黑的红砖里。他在等那盆天竺葵。邻居每天上午十点左右会把花摆出来，下午五点半又收回去。在老家那儿，卡森小姐的窗台上也有一盆天竺葵。老家有很多天竺葵，比这里的更好看。我们那块儿的天竺葵才叫天竺葵呢，老杜德利心想，才不像这些淡不拉叽的粉红玩意儿，还系着绿色的纸蝴蝶结。他们摆在窗台上的这盆花让他想起老家那个叫葛雷斯比的孩子。这男孩子得了小儿麻痹，每天早上坐在轮椅上被家人推出去晒太阳。露提莎本可以把这盆花拿走，把它栽进地里，几星期后她就有好花可赏了。小巷对面的这家人都不怎么搭理这盆花。他们把它放在窗台上，整天让烈日暴晒，放的位置离窗沿又近，一阵风就可以把它吹翻。他们一点儿也不在意，一点儿也不。它就不该放在那里。老杜德利觉得喉咙处开始打结。露提什[1]什么都能种活，雷比也一样。他的喉咙处又绷紧了。他把头朝后靠靠，想清醒下脑子。如今没什么可以让他想起来觉得喉咙舒服的事。

他的女儿进来了。"你不想出去走走吗？"她问。看上去似乎有人惹了她的样子。

他没回答。

"怎样？"

"不去。"他心想，她还会站在那里多久呢。她让他的眼睛也像喉咙一样不舒服了。眼睛会变得泪水汪汪的，被她看到。这种情形她之前也见到过，看上去为他难过的样子。她似乎也为自己难过；但是她完全可以不必如此，老杜德利想，只要让他一个人待着——让他像在老家的时候那样待着，别那么在意做女儿的见鬼的义务。她走出房间，深深地叹了一口气，这叹息让他心烦意乱，让他再次想起临时起意来到纽约和她住一起的那一刻——那可不是她的过错。

他完全可以不离开老家的，他完全可以固执到底，告诉女儿他愿意在他生活了多年的地方度过余生，至于每个月她给

---

[1] 露提莎的昵称。

不给他寄钱，凭他的养老金和打零工赚的钱，他也足够养活自己。这该死的钱她就自己留着吧——她比他更需要。被免除赡养老人的责任，她应该会很高兴。如果他死的时候孩子们不在身边，她可以说，那可全是他自己的错；如果他生病了，身边又无人照顾，那也是他自找的。可他心里有个念头，让他总想去看看纽约。他还是个孩子的时候去过一次亚特兰大，在一部电影里看到了纽约。那部电影叫《大城节奏》。大城可是个重要的地方。心里的这个念头就在那一刻悄悄而至。他在电影里看到的这个地方居然有他一个位置！这是个重要的地方，还有他一席之地！他说，好极了，我要去。

他说这句话的时候，肯定是脑子发热。如果脑子没病，他不会这么说的。他肯定是脑子一发热，她又把这见鬼的义务很当回事，把这鬼主意从他心里提溜出来。她当初为啥从纽约跑过来烦他？他明明过得好好的，有养老金，吃喝不愁，打零工挣的钱也够付公寓房租。

他住的那间房子，窗户刚好对着那条河——那条浑浊发红的河，奋力从岩石间流过，蜿蜒而去。除了颜色发红，水流缓慢，他努力回忆河的其他特征。他在回忆里为河岸两侧加上点点绿树，又加上褐色小点，那是上游某处漂流而下的垃圾。每周三他和雷比会坐上一条平底船出去捕鱼。那条河上上下下二十英里，雷比都了如指掌，寇阿镇再没有第二个黑鬼像雷比那样熟悉这条河了。雷比热爱这条河，但对于老杜德利来说无足轻重，鱼才是他在意的。他喜欢晚上提溜着一长串鱼回家，把它们往水槽里一扔。"就钓到这几条。"他会说。公寓里的那几个老姑娘总是这样说，钓到这些鱼，那得是汉子才行。每周三他和雷比会早早出发，钓上一整天。雷比负责发现鱼群出没的地方，把船划过去；老杜德利则负责捉鱼。雷比对捉鱼不太关心——他只是爱这条河。"在那儿放线下去不管用呢，老爷，"他总会这么说，"那儿没鱼唷。这条老河才不会在这儿藏着啥哩，不会的。"然后他会嘻嘻笑着把船划到下游。这就是雷比。他偷鸡摸狗时比黄鼠狼干得还漂亮，他知道鱼在哪里。老杜德利总是把钓到的小鱼留给他。

自从一九二二年妻子去世后，老杜德利就一直住在寄宿公寓楼上拐角的那个房间里。住在这里的老妇人都在他的庇荫之下。他是公寓里的男子汉，做着这所房子里男人该做的分内之事。晚间时分，老妇人们坐在客厅里，一边织毛衣，一边碎嘴发牢骚的时候，当家的男人只好耐心听，妇人之间不时爆发的叽叽喳喳麻雀般的斗嘴，他也要担任评判。白天还好，有雷比在。雷比和露提莎住在地下室里。露提什做饭，雷比负责洗碗和照料菜园；可他很机灵，常常活计干完一半就偷偷溜去帮着干老杜德利手头上的活儿——搭个鸡棚或者漆个门。他喜欢听人说话，喜欢听老杜德利讲自己去过的亚特兰大，听他讲枪支的内部结构，还有老人家知道的其他事情。

有些晚上他俩会一起去打负鼠。他们从头至尾就没打到过负鼠，但老杜德利隔一阵子就想从这些老妇人身边逃开一会儿，打猎是个好借口。雷比不喜欢打负鼠，他们从来没逮过一只，连把它们逼上树的机会都没有；况且，雷比是个识水性的黑鬼。每每老杜德利提起猎狗和猎枪，雷比就会说："我们今晚就不去打负鼠啦，对吧，老爷？我还有点其他活计要忙呢。"老杜德利就会抿嘴一笑说："今晚你打算偷谁家的鸡啊？""好吧，看来我今晚得去打负鼠了。"雷比会叹口气这样说。

老杜德利会拿出枪，拆开，雷比开始擦部件时，老杜德利会给他解释机械原理。之后，老杜德利会重新把部件组装在一起。雷比总是惊叹于他组装的熟练。老杜德利多想也给雷比讲讲纽约。如果他可以一五一十地向雷比解释纽约的话，纽约就不会这么大了——他每次出门的时候也不会时常觉得它的压迫了。"它没有那么大的，"他会这么说，"你别被它吓怕了，雷比。它和其他城市都差不多，城市嘛，不都是那么复杂。"

然而城市是复杂的。这一分钟纽约繁华拥挤，下一分钟却肮脏死寂。他女儿住的地方甚至不能叫房子，她住在一栋大楼里——一排排一模一样的大楼里，全是些暗红色或者灰色的大楼，那些尖嘴猴腮的人探出窗外，望向别人家的窗户，而别人家也和他们一样回望过来。你可以在大楼里面上上下下，但只能看到一条条长廊，隔一英寸就有一扇门，很像卷尺上的刻度。他记得刚来的那个星期，被这大楼弄得昏头转向。他早上醒来时，会暗暗指望这些楼道在夜间都变了模样，他就朝门外看，这些楼道依然像狗道一样向前延伸。街道也是这样。他心里嘀咕如果朝着其中一条街一直走到尽头，会身在何处。有天晚上他梦见自己真这么做了，然后在大楼尽头止住了——哪儿也不是。

第二个星期他才逐渐意识到他女儿、女婿和孙子的存在——房间就那么大，完全不可能躲开他们。这女婿是个怪人。他是卡车司机，只在周末才回来。他说"nah"不说"no"，而且他从来没听说过负鼠这种生物。老杜德利和十六岁的男孩睡在同一个房间，他也不和老杜德利说话。不过，有时候只有他和女儿两人在家，她就会坐下来陪他说会儿话。起初她得想些话题。通常在她觉得应该起身去做其他事之前，她的话已经讲完了，这样他只好找话说。他总是努力找些以前没有说过的话题。她从不愿意听第二遍。她要让老父亲的晚年和自己的家人在一起，而不是在衰败的公寓里和一群脑袋止不住晃动的老妇人度过余生。她在尽孝道。她的几个兄弟姊妹并不如此。

有一次她带他去购物,可他动作太慢了。他们去坐"地铁"——一个地下铁路,如同大的洞穴。人群从车厢里涌出来,冲上阶梯,漫到大街上。他们从街道上涌下来,冲下阶梯,冲进地铁车厢——黑的、白的、黄的全都混在一起,如同一锅蔬菜汤。一切都在沸腾。列车从隧道里呼啸而来,驶入通道,戛然而止。下车的推搡着上车的,铃声一响,列车又呼啸而去。老杜德利和女儿换了三趟车才到他们要去的地方。他好奇人们到底为什么要出门。他感到他的舌头已经滑到胃里了。她抓住他大衣的袖子,拉着他挤出人群。

他们又上了一辆高架列车。她把这个叫"电车"。他们必须得爬上一个高高的站台去搭车。老杜德利朝栏杆下望去,看到下面涌动的人群和阵阵车流。他觉得头晕。就一只手抓住栏杆,滑到站台的木地板上。女儿尖叫着把他从站台边缘拉过来。"你不要命了,想掉下去?"她大吼。

透过木板的间隙,他看见大街上来往的车辆。"无所谓,"他低声说,"掉不掉下去都无所谓。"

"好啦,"她说,"到家了你会感觉好些。"

"家?"他重复道。脚下的车辆运行得很有节奏。

"快点吧,"她说,"车来了,我们刚好赶上。"每一趟车,他们都刚好赶上。

他们赶上了那辆车。回到公寓里的房间。房间太局促,根本没地方独处。厨房正对浴室,浴室对着所有空间,你总是回到原处。在老家,有楼上,有地下室,有那条河,有弗雷泽街前面的闹市区……这该死的喉咙。

天竺葵今天摆出来的时间晚了。已经十点半了。平日里,他们十点一刻就把花摆出来了。

走廊下面什么地方有个女人朝着大街高声叫嚷,听不清在叫嚷什么;一部收音机正放着哪部肥皂剧里精疲力竭的音乐,声音微弱;一个垃圾箱滚倒在防火通道里。通向隔壁公寓的门砰的一声关上了,尖锐的脚步声走下过道。"肯定是那个黑鬼,"老杜德利嘟囔着,"那个鞋子锃亮的黑鬼。"他来这里一星期后,那个黑鬼也搬进来了。那天是星期四,他正望着门外,看着狗道般的走廊,看到这个黑鬼走进隔壁的公寓。他穿一身灰色细条纹套装,戴条棕褐色领带。他的衣领挺括洁白,贴着颈部的线条干净利落。他的鞋子是锃亮的棕褐色——和他的领带和肤色相配。老杜德利挠了挠头。他不知道住在这样密不透风的大楼里的人还能请得起用人。他轻声笑起来。一个穿着礼拜盛装的黑鬼对他们好处就大了。也许这个黑鬼熟悉附近的乡下——也许知道怎么去那儿。他们还可以一起去打猎。没准还会在哪里发现一条小溪。他关上门走进女儿的房间。"嘿!"他大喊,"隔壁那家人找了个黑鬼。肯定是找来帮忙的清洁工。你说他们会每天都雇他吗?"

女儿正整理床铺,抬起头问:"你说什么呢?"

"我说隔壁家的找了个用人——一个黑鬼——穿得整齐鲜亮的。"

她走到床的另一边。"你疯了吧,"她说,"隔壁公寓没住人,而且住在这儿的人请不起用人。"

"我跟你说,我可看见他了,"老杜德利窃笑着,"就从那儿进去的,打着领带,白色衣领——穿着尖头皮鞋。"

"如果他进屋了,那是他自己看房呢。"她嘟囔着,走到梳妆台边,心烦意乱地整理东西。

老杜德利大笑起来。她还真是好玩。"好吧,"他说,"我这就去看看他哪天有空。没准我能说服他,让他也喜欢上钓鱼。"他拍了拍口袋,里面两个钢镚碰出响来。他还没走到过道呢,女儿从后面一把扯住他,将他拉进来。"你没听见吗?"她大叫着,"我不是开玩笑。如果他进屋了,那是他自己要租房。你可别去问他这个那个的,也不要和他打任何交道。我可不想和黑鬼扯上什么关系。"

"你是说,"老杜德利嘀咕道,"他要住在你隔壁?"

她耸耸肩。"可能吧。你关心自己的事就得了,"她又加了句,"别和他打什么交道。"

她说话就这个态度,好像他一点分寸都没有。不过他接着就数落了她,清楚表明了态度,女儿也明白了他的意思。"我可不是这么教大你的!"他大发雷霆,"你家教可不是这样的,可以和那些自以为与你一样平起平坐的黑鬼们做什么邻居。而你居然认为我会和这类人混在一起?!你竟然觉得我会和这些人打什么交道,你疯了吗。"他不得不放缓语速,因为喉咙又开始发紧。她僵直地站在那里,说他们只能住在住得起的地方,只有尽力了。她竟然敢对他说教!然后她一言不发,僵直着身子走开了。这就是她。她双肩挺直了,脖子昂得很高,一副凛然的样子。把他当成傻子似的。他知道北方佬会让黑鬼进门,还让他们坐在沙发上,他只是没想到家教良好的女儿居然会与黑鬼为邻——居然还认为他会昏头昏脑要跟他们混在一起。也不想想他是谁!

他起身从另一张椅子上拿了份报纸。女儿再进来时,他可以假装在读报纸。让她站在那里瞧着他,以为她必须得想出什么事情好让他干,真没意思。他的目光越过报纸,望向巷子对面的窗户。天竺葵还没摆出来呢,还从来没有这么晚过。第一天看见它的那会儿,他正坐在那里看窗外的另一扇窗户,他看了看手表,想知道早餐过去了多久。然后他抬起头,就看到它了。他吃了一惊。他并不喜欢花,可那株天竺葵看起来也不像花。它像老家那个生病的男孩葛雷斯比,它的颜色像那些老妇人们客厅里挂着的帘子,花上面绑着的纸蝴蝶结看起来像露提什礼拜日常穿的那件衣服的腰带。露提什喜欢腰带。黑鬼都喜欢,老杜德利这么想。

又进来了。他原计划在她过来的时候,自己假装读报纸的。"帮个忙,行吗?"她的口气好像才想起一个他能帮得上的忙。

他暗自希望她别又让他去杂货店。上次他迷路了。所有这些大楼看起来都一个样。他点了点头。

"下到三楼,帮我向施密特夫人借一下她给杰克做衬衫用的图案。"

为什么她就不能让他安安稳稳坐一会儿?她不需要什么衬衫图纸。"好吧,"他说,"门房号?"

"10号——和我们的一样,就在我们楼下三层。"

老杜德利总担心如果他走到如同狗道一般的过道里,会有一扇门突然打开,某个穿着汗衫、长着沙锥鸟状的鼻子的男人悬在窗台上,对着他低吼:"你在这里干吗?"那个黑鬼房间的门打开着，他可以看见一个女人坐在窗边的椅子里。"北方的黑鬼。"他暗自嘀咕。她戴着无框眼镜，腿上放着一本书。黑鬼们只有戴上眼镜才算穿着妥当，老杜德利这么想。他想起露提什的眼镜来。为了买副眼镜，她省下了十三块钱。然后她去看了眼科医生，让医生检查她的视力，告诉她要配多厚的镜片合适。医生让她看着一面镜子，要她看着里面的动物图像，然后打开测光灯看她的眼睛，检查她的大脑。医生说她不需要戴什么眼镜。她气疯了，一连三天把玉米面包全给烤糊了，终于在一家便利店里，花了一块九毛八买了副眼镜，每个礼拜日都会戴上它。"这就是黑鬼。"老杜德利窃笑。他突然意识到自己笑出了声，就用手捂住了嘴。万一某个公寓房间里的人听见了呢。

他走下第一层楼梯。走到第二层时，他听到上楼的脚步声。他从楼梯扶手往下看，看见一个女人——一个系着围裙的胖女人。从上面看起来，她有点像老家的本森太太。他好奇她会不会和他打招呼。他们之间隔着四级台阶距离的时候，他迅速瞟了她一眼，她却没有看他。在他们迎面而过时，他眼睛飞快眨动了一下，她冷冷地看着他，然后就走过去了，一句话也没说。他觉得胃里沉甸甸的。

他多下了一层楼梯，然后又走上去，找到了10号。施密特夫人说没问题,让他等一等,她去拿那个图样,然后指派她的一个小孩到门口把东西交给他,这孩子也是一言不发。

老杜德利开始上楼。他必须走得更慢一些。上楼让他觉得累。似乎一切都让他觉得累。不像过去有雷比帮他跑腿。雷比是个腿脚轻快的黑鬼。他可以悄无声息地溜进鸡窝,抓到一只最肥的鸡,鸡都察觉不到,连叫的工夫都没有。快得很!杜德利腿脚就是慢。胖子一般都这样。他想起有一次和雷比一起去穆尔屯附近打鹌鹑。他们带了一只猎狗,它比任何一只聪明的指示犬都能更快地找到鹌鹑群的踪迹。它并不擅长捉住猎物把它们叼回给你,可是每次它都能发现鹌鹑的踪迹,等你瞄准射击的时候,它像根树桩似的坐立在那儿。那次猎狗停下来,一动不动。"肯定有一大群,"雷比悄声说,"我感觉到了。"他们朝前走,老杜德利慢慢举起了枪。他得小心脚底下这些松针,它们覆盖了地面,脚容易打滑。雷比时常交换着重心,下意识地小心抬起脚,落在蜡一般滑的松针上。他直视前方,敏捷地朝前移动。老杜德利一只眼盯着前方,另一只看着地面。他会向前滑倒,很危险。或者在身子倾斜时试着纠正,这样他又会朝后滑倒。

"这回还是让我去逮这些鸟吧,老爷?"雷比提议,"一到星期一您的腿脚就不听使唤,万一在斜坡那儿摔倒了,你枪还没举起来呢,鸟儿就得吓跑了。"

老杜德利一心想逮到那群鹌鹑。一下打四只简直轻而易举。"我没问题。"他嘟囔着。他把枪举到眼前,身子朝前倾,脚下一滑,朝后倒去。枪走火了,鹌鹑四散飞走了。

"多好的一群鸟啊,可惜让它们给跑了。"雷比叹了口气。

"我们会再找到一群的,"老杜德利说,"快把我从这该死的坑里拉出来。"

如果他没摔倒,准能打下五只,就像打掉篱笆上的罐子一样容易。他把一只手伸到耳后,另一只手朝前摊开。打掉它们太容易了,就像打掉泥做的鸽子一样。哪!楼梯上传来一声响,他转过身子——手臂上还举着那支看不见的枪。那个黑鬼快步上楼,迎向他,一抹顽皮的笑容从修剪整齐的胡子处伸展开来。老杜德利的嘴张得大大的。黑鬼的嘴唇向下绷了绷,似乎要忍住笑。老杜德利无法动弹。他直直地盯着这个黑鬼的脖颈处,衬着肤色的衣领边缘的鲜明线条。

"你在猎什么呢,老伙计?"这黑人问道,语气听来像黑鬼的笑声,又像白人的冷嘲。

老杜德利感觉像个拿着弹射手枪的孩子。他嘴巴张着,觉着中间的舌头硬邦邦的,而且膝盖以下感觉空空的。他滑了一下,趔趄下三个台阶,一屁股坐在地上。

"你得小心些了，"这黑人说，"这台阶不注意很容易伤着。"他朝老杜德利伸出一只手，好把他拉起身。这只手瘦长，指尖干净，指甲修剪得整齐方正，看起来应该用锉刀磨过。老杜德利的两只手垂在双膝之间。这黑鬼抓住他的胳膊，拉他起来。"唷！"他喘了口气，"你够沉的。来，这儿得使些劲。"老杜德利绷直着膝盖，跟跄着站起身。黑鬼一直扶着他的胳膊。"我反正也是上楼，"他说，"我帮你一把。"老杜德利心烦意乱地四处张望。身后的台阶似乎正在逼过来。他随着黑鬼一起上楼。这黑鬼每上一级台阶都停下来等他。"这么说，你爱打猎？"黑鬼说，"嗯，让我想想。我打过一次鹿。我想那次我们用的是多德森三八式打到的。你用的啥？"

老杜德利盯着那双锃亮的棕褐色皮鞋。"我用的枪。"他含糊其词。

"我喜欢玩枪，胜过打猎，"黑鬼说道，"我对猎杀从来不大感兴趣，取消野生动物保护区真有些不害臊。不过，如果我有钱又有闲，倒宁愿收藏枪。"他在每一个台阶上停下来，等着老杜德利上来。他谈论着枪，解释枪的构成。他穿一双灰色带黑色斑点的袜子。他们走完了台阶。这黑鬼和他一起走下过道，一直扶着他的胳膊，看起来像是他的这只胳膊紧扣在黑鬼的胳膊里。

他们径直走到老杜德利家门口。接着这黑鬼问:"你就住这附近吧?"

老杜德利看着门,摇摇头,他还是没有看黑鬼。这一路他都没有看这黑鬼一眼。"好吧,"黑鬼说,"一旦习惯了,这地方还不赖。"他拍了拍老杜德利的背,进了自己的公寓。老杜德利也走进自己的。他喉咙处的疼痛蔓延到他整个脸部,似乎要从他眼睛里渗出来。

他拖着腿走到窗边的椅子,跌坐进去。他的喉咙似乎要裂开。这个黑鬼——这个该死的拍他背还称他为"老伙计"的黑鬼——他的喉咙因此要裂开了,这种事简直不可思议。他可是来自一个好地方,一个体面的好地方,这种事是不可能发生的。他的眼球感觉很不舒服,在发胀,似乎马上就肿得眼窝都容不下了。他完全被困在这个地方,这个黑鬼可以称你为"老伙计"的地方。他可不愿意被困在这种地方,绝对不行。他转了转靠在椅背上的头,好舒展一下沉甸甸的脖子。

一个男人在看着他。巷子对面窗子里的一个男人正直勾勾地看着他,这个男人在看着他哭。那里原本是摆放天竺葵的地方,现在却是一个穿着汗衫的男人,看着他哭,等着看他的喉咙裂开。老杜德利也回望着这个男人。那儿应该是天竺葵在的地方。天竺葵才属于那里,不是这个男人。"天竺葵去哪儿了?"

他从绷紧的喉咙里大声喊道。

"你哭什么?"这个男人问,"我从来没见过一个男人哭成这样。"

"天竺葵去哪儿了?"老杜德利身子发抖,"在那里的应该是它,不是你。"

"这是我的窗子,"这个男人说,"我有权坐在这里,只要我愿意。"

"花在哪里?"老杜德利尖声嚷道。他喉咙里只剩下一点余地了。

"它掉下去了。和你有什么相干?"这个男人说。

老杜德利站起身,朝窗台下边仔细瞧。在六层楼下面的巷子里,他看见一个摔碎的花盆,花盆四周散落了一地的土,绿色的纸蝴蝶结中支棱出一个粉红色的东西。是六层楼下,从六层楼的高处摔了下去。

老杜德利瞧着这个嚼着口香糖、等着看他喉咙裂开的男人。"你不该把它放得离窗沿那么近,"他嘟囔着,"为什么不去把它拾起来?"

"你为什么不去,老爹?"

老杜德利盯着这个男人,他待在本来是天竺葵待的地方。

他会的。他会下去把花拾起来。他会把它放在自己的窗台上，想看就可以整天都看着它。他从窗边转身，离开了房间。他慢慢走下如狗道一般的走廊，走到楼梯口。层层阶梯依次向下，如同地上一个深深的伤口。阶梯似乎通过一个豁口就像一个山洞般朝下延展，他曾跟在那个黑鬼身后朝上走过。那个黑鬼拉他起来，用胳膊搀住他的胳膊，帮他走上这些台阶，说他打过鹿，称他"老伙计"，还看见他举着一支并不存在的枪，像个孩子似的坐在楼梯上。他穿着锃亮的棕褐色皮鞋，努力忍住笑，可整件事如此可笑。可能每个台阶上都有短袜上起黑点的黑鬼，绷着嘴角忍住笑。阶梯一直往下延伸，延伸。他可不愿意下去，让黑鬼们拍他的背。他走回房间，回到窗边，低头看着楼下的天竺葵。

这个男人仍然坐在那里，原是天竺葵该在的地方。"我怎么没看见你过去捡啊。"他说。

老杜德利盯着这个男人。

"以前我可见过你，"这个男人说，"我见过你每天坐在那把旧椅子里，盯着窗外，看着我的房间。我在自己的房间里做什么是我自己的事，明白吗？我可不愿意让人盯着我在做什么。"

花在巷底，根须裸露在空气里。

"这话我可只说一次。"这个男人说完就从窗边走开了。

理发师

迪尔顿的自由主义者们的日子这下不大好过。

民主党白人初选之后,瑞伯就换了一个理发师。三个星期前,理发师一边给他刮脸,一边随口问道:"你准备选谁?"

"达蒙。"瑞伯回答。

"你喜欢黑鬼?"

瑞伯在椅子里猛然动了一下。他没预料到会被人如此鲁莽地诘问。"不。"他回答。如果他没有这样被突然质问,他可能会说:"我既不喜欢黑人,也不喜欢白人。"这话他之前对那个哲学家雅各布斯说过。——为了说明自由主义人士在迪尔顿的日子如何不好过,雅各布斯——一个受过他那种良好教育的人——居然嘀咕说:"这个态度可不妙。"

"为什么?"瑞伯直截问道。他知道他能辩过雅各布斯。

雅各布斯说，不说了，他还有课。瑞伯注意到，每当他要和雅各布斯辩论什么，他就老有课。

"我既不喜欢黑人，也不喜欢白人。"瑞伯本想这样回答理发师。

理发师从肥皂沫中推出一条清晰的道，剃刀对着瑞伯。"我跟你讲，"他说，"现在只有两条道，要么白人，要么黑人。谁都能从这场选举中看到这一点。知道霍克怎么说吗？他说，一百五十年前，他们还在互相打杀啃食彼此——用宝石打鸟——用牙齿剥马皮。在亚特兰大，一个黑鬼走进一家白人理发店说：'给我理个头。'他们就直接把他扔了出去，这还只是个警告而已。再听听这个，上个月在穆尔福德，三只黑狗枪杀了一个白人，把他家洗劫了一半。你猜他们现在在哪儿？蹲在监狱里，和咱美国总统吃得一样好——他们可能被链条锁成一串，脏兮兮的；这些该死的喜欢黑鬼的人会来看望他们，看到黑鬼们捡石子，心都要碎了。啰，我和你说——只有除掉这些糯心肠的哈伯德妈妈，选出一个人让这些黑鬼待在他们应该待的地方，咱们才有好日子过。嘘。"

"你听到了，乔治？"他朝着那个正在清理水池周围地板的黑人男孩嚷着。

"听到啰。"乔治答道。

此刻瑞伯该说点什么，一时又找不到合适的话。他想说点乔治能听懂的话。乔治被扯到这个话题里来，他有些吃惊。他想起雅各布斯说过他在一所黑人学院讲过一星期的课。那里不允许说黑人——黑鬼——有色人种——黑色人种。雅各布斯说他每晚回到家就会朝着后窗大喊："黑鬼黑鬼黑鬼。"瑞伯好奇乔治的观点是什么，他是一个干净整洁的男孩。

"要是一个黑鬼到我的店里来，咋咋呼呼地要理发。我会给他好好'剪个头'！"理发师咬牙切齿地说。"你是个哈伯德妈妈啰？"他问道。

"我选达蒙，如果你说的是这个。"

"你听过霍克森的演讲没？"

"我有幸听过。"瑞伯说。

"他最近这次你听过没？"

"没有，我觉得他每次演讲，说法都没多大区别。"瑞伯直截了当地说。

"噢？"理发师说，"嗯，他最近的演讲简直棒极了！老霍克[1]可让这些哈伯德妈妈们有得瞧了。"

"有好些人，"瑞伯说，"都认为霍克森是个煽动家。"他

---

1 霍克森的昵称。

不确定乔治是否明白煽动的意思。他应该说:"满口谎言的政客。"

"煽动家!"理发师猛拍了一下膝盖,大叫了一声。"霍克正是这么说的!"他吼道,"'这可真带劲儿!伙计们,'他这么说,'这些哈伯德妈妈们说我是煽动家,'然后他往后一跃,慢声细语地说,'我是煽动家吗,你们说呢?'人们吼叫:'不,霍克,你不是煽动家!'随后他向前一步大喊:'哦,我是的,我他妈是本州最好的煽动家!'你真该听听人们欢呼的声音!哈!"

"好一场秀啊,"瑞伯说,"可它不过是……"

"哈伯德妈妈,"理发师嘀咕道,"你真上了他们的当。我跟你说……"他回顾了霍克森七月四日那场演说,那也是一场非常棒的演讲,以诗歌结尾。达蒙是谁?霍克想知道。是啊,达蒙是谁?人群在咆哮。哟,难道他们不知道?哟,他是小男孩布鲁,吹着他的号角。是啊,婴儿们在牧场里,黑鬼们在玉米地里。老兄!瑞伯真该听听那一场。没一个哈伯德妈妈能受得住。

瑞伯想着,如果理发师能多读点……

听着,他根本不需要读什么东西,他需要做的就是思考。这才是如今这些人的毛病——他们根本不思考,他们没有常识。为什么瑞伯也不思考？他的常识哪里去了？

我为何要这么折磨自己？瑞伯懊恼地想。

"不，先生！"理发师说，"大话对谁都没好处。它们代替不了思考。"

"思考！"瑞伯叫道，"你把这个叫思考？"

"听我说，"理发师说，"知道霍克在提尔佛德对大家都说了什么？"霍克在提尔佛德对大伙儿说了，只要黑鬼们待在他们该待的地方，他一点没意见。如果他们不待在他们该待的地方，他会找个地方让他们好好待着。这个怎么样？

瑞伯想知道这个和思考有什么关系。

理发师觉得这件事和思考的关系就和沙发上的猪一样显而易见。他还思考了好多其他事情，都告诉了瑞伯。他说瑞伯应该听听霍克森在穆林的橡树，贝德福德，以及奇克维尔这几个地方的演讲。

瑞伯重新在椅子上坐好，提醒理发师他是来刮脸的。

理发师又开始给他刮脸。他说瑞伯应该听听在斯巴达威尔的那场演讲。"最后一个哈伯德妈妈都没留下，所有的小男孩的号角都吹破了。霍克说，"理发师说道，"到时候了，你们必须得控制……"

"我约了人，"瑞伯说，"赶时间呢。"他凭什么要待在这里听他胡说八道?

事情本来就够糟污的了,然而整个愚蠢至极的谈话却跟了他大半天,晚上上床之后所有的细节仍然萦绕不去。更让他恶心的是,他自己在回味整个过程,还设想他当时若是有备而去,会如何应对。他好奇雅各布斯会怎么处理。雅各布斯会让人觉得他学识渊博。在他的专业里,倒不失为一个窍门。瑞伯经常通过分析它来自娱自乐。雅各布斯肯定会很冷静地对待理发师。瑞伯又把对话在脑子里过了一遍,琢磨着雅各布斯会怎么应对。末了他自己操练了一遍。

瑞伯再次去理发店时,已经忘了那次争论。理发师似乎也忘了。他谈论了一下天气,就不再开口了。瑞伯在想晚饭会吃些啥。对了,那天是星期二。星期二他妻子通常会用罐头肉做晚饭。把罐头肉加上奶酪一起烤——一片肉加上一片奶酪——结果烤出一道道条纹来——为什么每周二我们都得吃这个?——如果你不喜欢就不用——

"你还是哈伯德妈妈那一边的?"

瑞伯的头猛然一动。"什么?"

"你还是选达蒙?"

"是的。"瑞伯答道,脑子里迅速地准备着。

"嗯,瞧这儿,你们这些当老师的,你知道的,似乎,呃……"他有些迷惑了。瑞伯看出来他不像第一次那么肯定了。他可能有一个新观点需要强调。"如果你们这些人听见霍克是怎么提到教师的工资的,你们就会选他了。你现在看来像要选他。为什么不呢?你不想挣多点钱吗?"

"更多钱!"瑞伯笑起来。"一个腐败的执政官只会让我损失的钱比他给我的更多,难道你不明白?"他意识到自己终于和理发师站在同一个水平对话了。"哎呀,他不喜欢的人太多了,"他说,"选他比选达蒙要多出一倍的代价。"

"如果他真给教师涨工资呢?"理发师说,"只要钱能做好事,我不会和钱过不去。任何时候我都愿意为质量买单。"

"这不是我说的意思!"瑞伯说,"这不是……"

"不管怎样,霍克承诺的加薪和他这样的教师没关系。"房间后面有人说话了。一个胖男人,带着一股经理人的气势走近瑞伯。"他是大学教师,不是吗?"

"是啊,"理发师说,"没错。他是得不到霍克的加薪,可就算达蒙获胜,他也得不到啊。"

"啊哈,他总会得到些啥的。所有的学校都支持达蒙。他们支持他,为了得到免费的教科书,或者新课桌,或者别的什么。这就是游戏规则。"

"更好的学校,"瑞伯急得唾沫横飞,"会让每个人都受益。"

"这种话我早听说了。"理发师说。

"你瞧,"这男人解释道,"学校不是那么好愚弄的。他们就是这么糊弄人的——让所有人受益。"

理发师大笑起来。

"如果你琢磨过……"瑞伯开口说。

"也许教室前面会给你准备好一张新桌子,"这个男人哈哈大笑,"怎么样?乔?"他轻轻碰了碰理发师。

瑞伯真想朝这个男人的下巴踢一脚。"你们从来没听说过理性吗?"他嘀咕道。

"听我说,"这个男人开口道,"你怎么说都行。可你没有意识到的是,咱们现在有个麻烦事。如果你教室后面有几张黑人的面孔瞧着你,你什么感觉?"

瑞伯觉得一阵子空白,仿佛被什么不存在的东西将他猛然击倒在地。乔治走了进来,开始洗水池。"有人愿意学,我就愿意教——不管黑人白人。"瑞伯答道。他想知道乔治有没有抬起头来看。

"好吧,"理发师表示赞同,"但不是混在一起吧,嗯?你想去白人学校上学吗,乔治?"他嚷道。

"不太想,"乔治回答,"我们得买些去污粉了,盒子里只剩下这些了。"他把粉末倒进池子里。

"那去买些来吧。"理发师说。

"是时候了,"这个经理人模样的男人接着说,"如同霍克森说的那样,我们得费大力压制一下了。"他继续评论霍克森七月四日的演讲。

瑞伯真想把他推进水池里。天够热的,到处是苍蝇的嗡嗡声,还得听一个胖子的蠢话。透过彩色玻璃窗,他能看见蓝绿色的、清凉的政府大楼前的广场。他多希望理发师能快一点。他把注意力集中在外面的广场上,想象自己是在那里,树在轻轻摇动,很显然那里微风阵阵。一群男人沿着政府大道漫步。瑞伯看得更仔细了些,觉得他认出了其中的雅各布斯。可是雅各布斯傍晚有课。不过,那就是雅各布斯啊。呃,真是他?如果是,那他是和谁在说话?布莱克雷?真是布莱克雷?他眯起眼。三个穿着祖特服的黑人男孩在人行道上蹓跶。其中一个坐在了路边,瑞伯只能看见他的头部,另外两个男孩懒洋洋地斜靠在理发店的窗边,远处的风景被他们隔出一个洞。真见鬼,他们就不能在别处找个地方停留?瑞伯气恼地想。"快一点,"他对理发师说,"我还有个约。"

"急什么?"胖男人说,"你最好留下来,继续捍卫男孩布鲁的权利。"

"我说，你还从没说过为何要选他呢。"理发师轻笑着，一边摘下瑞伯脖子上的围裙。

"是啊，"胖男人接茬，"别说什么好政府，看看你还能告诉我们些什么。"

"我还有约，"瑞伯说，"该走了。"

"你得知道达蒙会多么伤心，你都无法为他说句好话。"胖男人开心地狂笑着。

"听我说，"瑞伯说，"下星期我会再来，到时候你想听多少选达蒙的原因，我都可以说给你听——比你选霍克森的理由还要好。"

"我倒想看看你会怎么说，"理发师说，"我跟你讲，这个根本做不到。"

"好吧，我们等着瞧。"瑞伯说。

"记住，"胖男人继续找茬儿，"可不许说什么善政。"

"我不会说那些你们听不懂的话，"瑞伯嘀咕道，接着又觉得自己很傻，这么怒形于色。胖男人和理发师咧嘴笑着。"星期二见。"瑞伯说完就走了。他替自己觉得恶心，要给他们举出什么理由。理由必须系统地体现出来。他无法像他们那样瞬间开窍，他真想像他们那样。他多希望"哈伯德妈妈"不要这么精确。他多希望达蒙会吐烟草汁。必须想出理由——需要时间和精力。他怎么啦？为什么不去想？只要他动动脑子，就能让理发店的所有人窘迫不安。

他到家的时候，已经想出了辩论的开头提纲。不能有废话，大话——殊非易事，他很清楚。

他马上开始提笔。一直工作到晚饭时间，写了四句话——还都被划掉了。晚饭吃到中间的当儿他又起身去书桌，改了一句。吃完饭他又把修改的那句划掉了。

"你怎么了？"妻子很好奇。

"没事，"瑞伯说，"没啥事。我只是有工作要做。"

"我又没拦着你。"她说。

妻子走出去后，他一脚把桌子下的撑板给踢松了。晚上十一点的时候，他写完了一页。到了第二天早上，他思路畅通了些，中午前就完成了。他觉得文章足够直白易懂。文章开头是："人们选举他人执政，有两个理由。"结尾是："这些不加思索就使用概念的人，无异行走于风上。"他觉得最后一句相当有力。他觉得整篇文章都非常有力。

下午他把文章带到雅各布斯的办公室。布莱克雷在里面，后来离开了。瑞伯把文章读给雅各布斯听。

"好吧，"雅各布斯说，"这又怎样呢？你觉得自己在做什么？"瑞伯读文章的时候，他一直在一张记录表上填数字。

瑞伯琢磨着他是不是很忙。"和理发师辩论,为自己辩护,"他说,"你有没有试过和理发师辩论?"

"我从不辩论。"雅各布斯说。

"那是因为你不了解这种无知,"瑞伯解释道,"你从未经历过。"

雅各布斯哼了一声。"哈,我有过。"他说。

"然后呢?"

"我从不辩论。"

"可你知道你是对的。"瑞伯坚持道。

"我从不辩论。"

"好吧,我是要辩论的,"瑞伯说,"我要说出正确的事情,和他们说谬论一样快。这会是速度的问题。明白吗,"他继续说,"这可不是要改变他们;我是为自己辩护。"

"我能理解,"雅各布斯说,"我希望你能做到。"

"我已经做到了!你读读这篇文章。这就是。"瑞伯不知道雅各布斯是太愚钝还是因为别的事分神。

"好,就放这儿吧。和理发师辩论时,别面红耳赤的。"

"这事必须要做。"瑞伯说。

雅各布斯耸了耸肩。

瑞伯原指望和他一起详细讨论一下这篇文章。"好吧,再见。"瑞伯说。

"好。"雅各布斯说。

瑞伯不明白他最初怎么会想到把这文章读给雅各布斯听呢。

星期二下午去理发店之前,瑞伯有些紧张,他觉得应该先练习练习,应该先读给他妻子听。他不知道妻子本人为什么会选霍克森。每每他提起这场选举,她总是清楚地强调:"别以为你教书,就觉得什么都懂。"难道他说过他懂什么吗?也许他不应该叫她来听。可是他想知道他用放松的口吻读这篇文章听起来是什么效果。文章并不长,不会占用她很多时间。她也许并不喜欢他去叫她。然而,她也许会被他的话感染,有可能。他去叫了她。

她说好的,但他得等她把手头的事情做完;好像每次她手头有事情时,总被打断去做别的事。

他说他没时间一直等——离理发店关门只剩下四十五分钟了——她可不可以快些?

她擦着手走进来,她说好吧;好吧,她来了,不是吗?开始吧。

他目光越过妻子的头顶,开始轻松随意地说起来。他的声音玩味着这些词语,倒还不坏。他不明白是这些词语本身产生的效果，还是他说这些词语的语气产生的效果。他在一个句子中间处停顿下来，瞥了一眼妻子，想从她脸上的反应得到提示。她的头微微侧向桌子的方向，她的椅子靠着桌子，桌子上放着一本摊开的杂志。他一停下来，她就站起身。"非常好。"她说着，走回厨房。瑞伯就离开去了理发店。

他走得很慢，思忖着到了理发店他该怎么说，路上时常停下来，心不在焉地看着商店的橱窗。布洛克饲料公司正在展销一款"自动宰鸡利器"，上面的广告语写着："胆小者从此也会杀自家养的鸡啦。"瑞伯好奇是否很多胆小的人都用过它。他离理发店越来越近，透过门斜看过去，可以看到那个经理模样的男人正坐在角落里读报。瑞伯走进去，把帽子挂好。

"你好啊，"理发师打了声招呼，"这真是一年里最热的一天了！"

"是够热的。"瑞伯附和说。

"打猎季就快过去了。"理发师评论道。

行啦，瑞伯想说，我们说正题吧。他想从他们的话题切入他的辩论。胖男人并没注意到他。

"你真该看看我那只狗是怎么赶那群鹌鹑的，"瑞伯坐进椅子里，理发师接着说道，"鸟群四散，我们逮到四只，接着它们又四处飞散，我们逮着两只。真不赖。"

"从来没打过鹌鹑。"瑞伯哑着嗓子说。

"再也没有比带着一个黑鬼,一只猎狗,和一支枪出去打鹌鹑更好玩的事啦,"理发师意犹未尽,"这事你都没干过,人生损失大了。"

理发师继续干活,瑞伯清了清嗓子。角落里的胖男人翻过一页报纸。他们以为我进来是干吗?瑞伯心想。他们不可能忘了吧?他耐心等着,听见苍蝇的嗡嗡声和后面几个男人模糊不清的说话声。胖男人又翻了一页报纸。瑞伯能听见乔治在店里的某个地方慢慢扫地的声音,然后停下来,扫把刮过地面,随后……"你,呃,还是选霍克森?"瑞伯问理发师。

"当然!"理发师大笑起来。"当然!我差点忘了。你是要告诉咱们你为什么选达蒙。是吧,罗伊!"他朝着胖男人大嚷,"到这来。咱们得听听咱们为什么要选男孩布鲁。"

罗伊嘟囔着,又翻过一页。"等我读完这篇就过来。"他含混说了一句。

"乔,这儿是哪位?"坐在后面的其中一个男人问道,"又是谈论善政的男孩?"

"可不是,"理发师说道,"他要发表演说呢。"

"这类演讲我听得太多了。"这个男人回答。

"你还没听过瑞伯的这个,"理发师接茬道,"瑞伯人不错。

他不知道选举怎么弄,不过他人不错。"

瑞伯的脸红了。两个男人蹓跶着过来。"这不是什么演讲,"瑞伯反驳道,"我只是想和你理智地讨论一下。"

"到这里来啊,罗伊。"理发师叫道。

"你到底打算干什么?"瑞伯咕哝着;接着又突然说道,"如果你要把大家都叫过来,为什么不把你家乔治也叫过来。你担心让他听到吗?"

理发师盯了瑞伯一眼,没出声。

瑞伯觉得自己是不是太莽撞了。

"他能听见,"理发师说,"他在后面也能听见。"

"我只是觉得他说不定也感兴趣。"瑞伯说。

"他能听见,"理发师重复道,"他能听见他听见的,而且他能听见的比这两倍还多。你说出来的,他能听见,你没说出来的,他也能听见。"

罗伊走过来,折上报纸。"你好啊,孩子,"他说着,把手放在瑞伯头上,"开始演讲吧。"

瑞伯感觉自己正在一张网里挣扎。他们咧嘴而笑的红色的脸在他上方。他听到这些话费劲地吐出来——"呃,我是这么认为的,人们选举……"他觉得这些话像一节节货车车厢从他嘴里拖将出来,丁零哐啷,互相撞击,又戛然而止,滑动一会儿，往后扣在一起，震动一下，如同猛然开始那样，骤然又停住了，结束了。结束得如此之快，瑞伯有些局促不安。一时间没有人开口——似乎还在等他继续往下说。

接着，理发师嚷道："你们中有多少人选男孩布鲁？"

有些人转过身窃笑。有一个笑弯了腰。

"我，"罗伊说，"我这就跑过去，明早我就是第一个投票给男孩布鲁的人。"

"听我说！"瑞伯喊道，"我并不是……"

"乔治，"理发师大嚷，"你听了这个演说了？"

"是的，先生。"乔治答道。

"乔治，你准备选谁？"

"我并不想……"瑞伯大叫道。

"我不知道他们会不会让我投票，"乔治说，"让的话，我会投霍克森先生。"

"听着！"瑞伯大叫，"你以为我想要改变你这肥腻的脑子吗？你把我当什么了？"他猛然抓住理发师的肩膀。"你以为我有耐心管你这该死的无知？"

理发师甩掉瑞伯抓着肩膀的那只手。"别激动，"他说，"大家都认为这个演说很精彩。这也是我一直在说的——你得思考，你得……"瑞伯击到了他，理发师朝后晃了一下，一屁股坐在旁边椅子的脚凳上。"都觉得演说很精彩,"他说完,径直看着瑞伯苍白的、被肥皂沫遮住的半张脸,这张脸正朝下瞪着他,"我一直就是这么说的。"

血在瑞伯脖子处的皮肤下汩汩流动。他转过身,迅速推开围在身边的人,跑到门口。门外,太阳将一切悬滞在一池热浪里,他几乎奔跑起来,还没到第一个拐角处,肥皂沫就滴进了他的衣领,流过理发用的围兜,吊挂在他的膝盖上。

野　猫

一

老加百利在他身体的侧前方缓慢舞动着拐杖，拖着脚走过房间。

"是谁啊？"他走到门道那里，低声问，"我闻到四个黑鬼的气味。"

他们柔和的、小调般的笑声盖过蛙鸣，融入一大片声浪之中。

"你不能干得再漂亮些，加伯？"

"爷爷，你不和我们一起去吗？"

"你应该可以闻出我们是哪几个啊。"

老加百利往外移动了一小点，到了门廊。"这是马太，乔治和威利·梅瑞克。还有一个是谁？"

"是布恩·威廉姆斯,爷爷。"

加百利用拐杖触到了门廊的边缘。"你们在干吗呢?坐一会儿吧。"

"我们等摩西和路加呢。"

"我们要去逮那只野猫。"

"你们打算拿什么逮啊?"老加百利低声咕哝道,"你们根本没有合适的工具逮野猫啊。"他在门廊边缘坐下来,双脚垂在外边。"我会告诉摩西和路加。"

"你逮过几只野猫呀,加布鲁?"他们的声音在黑暗中传来,充满温柔的嘲讽。

"我小时候,有过一只来着,"加百利开口道,"它跑来这里吸血。有天晚上从一个小房间的窗户爬进来,跳到一个黑鬼的床上,他还没来得及哼哼,喉管就被撕裂了。"

"爷爷,林子里的这只猫啊,它出来就是要找奶牛的。朱蒲·威廉姆斯穿过林子去到锯木厂时,见到过它。"

"那他把它怎样了?"

"他就跑了呀。"他们的笑声盖过了夜的声音,"他以为野猫追着他呢。"

"它是追着呢。"老加百利低声嘟囔着。

"它追的是奶牛。"

加百利忿忿地说:"它从林子里出来,可不光是为了奶牛。它得给自己弄点人血。瞧着吧。你们一伙去逮它可没什么好处。它自己就出来打猎哩!我能闻得出来。"

"你怎么知道你闻到的就是它?"

"是只野猫,准没错。我小时候有过一只,自那以后就再没见过。你们怎么不进来坐坐?"他又说。

"你一个人待在这里不怕吧,爷爷?"

老加百利僵住了。他摸索着找到那根柱子,想要站起来。"如果你们在等摩西和路加,"他说,"最好现在就出发吧,他们一小时前就出发往你们要去的地方走了。"

二

"我说,进来吧!快到这里来!"

盲孩子独自坐在台阶上,望着前方。"人都走了?"他喊道。

"都走了,除了老荷祖。进来吧。"

他讨厌走进去——在一群女人当中。

"我可以闻得到。"

"你快进来,加百利。"

他走进去,走到窗户那里。女人们朝着他低声嘀咕。

"你待在这里吧,孩子。"

"你坐在外面，会把那只猫引到屋里来。"

窗户密不透风，他碰到窗栓，想把窗户打开。

"别开窗，孩子。我们可不想让野猫跳进来。"

"我本来可以和他们一起去的，"他闷闷不乐地说，"我能闻到它。我可不怕。"和这群女人关在这里，感觉自己也是个女人。

"瑞芭说她也能闻到。"

他听到角落里的那个老女人呻吟着。"他们去外面猎它有什么用啊，"她哀号道，"它就在这里。就在这附近。如果它跳到房间里来，它第一个逮到的肯定是我，接着它会抓住这个男孩子，然后它会去抓……"

"闭嘴，瑞芭，"他听到他妈妈的声音，"我会照看好我儿子。"

他能照看好自己，他可不怕。他能闻见——他和瑞芭都能闻见。它会首先扑向他们俩。首先是瑞芭，然后是他。他妈妈说它的身形和寻常的猫一样，只是个头大一些。如果你能感受到一只家猫脚上的尖爪，你就能感受到这只野猫如同刀一般的大爪子，牙齿也和刀一样锋利；它呼出热气，吐出来的是湿石灰。加百利能感受到它的爪子扑到自己的肩膀，它的利齿咬进他的喉咙。可他不会让它就这么得逞，他会用双臂锁住它的身子，触到它的喉咙，把它的头猛然向后拧，和它一起倒在地上，直到它爪子从他肩膀上松开。揍，揍，揍它的头，打，打，打……

"谁和老荷祖在一起？"其中一个女人问。

"只有南希。"

"下面还得多一个人才行。"他母亲柔声说道。

瑞芭抱怨道："任何人只要走出去，还没到呢就会让它捕到。它就在这附近，我知道。它越来越近了。它要抓到我了。"

他也能闻到它越发强烈的气味。

"那它怎么进来呢？你们真是自己吓自己。"

说话的人是瘦个子明妮。任何事情都不会伤到她。她小时候被施过魔咒——是个女巫施的魔法。

"它要进来很容易，"瑞芭轻蔑地哼了一声，"它撕开那个猫洞就进来了。"

"到那时候我们早到南希那里了。"明妮不以为然。

"你行啊。"这老女人低声说道。

他和她不行，他清楚。开始他会留下来和它干一架。瞧见那个盲孩子了吗？就是他杀死了那只野猫！

瑞芭开始叹气。

"别那样！"他母亲命令道。

叹气声变成了哼唱——在她的喉咙里低回。

"主啊,主啊,

今日你将看到你的朝圣者。

主啊,主啊,

将要看见你的……"

"闭嘴!"他母亲嘶声制止,"我听到什么声音?"

一片寂静,加百利朝前倾身;身子紧绷,做好了准备。

最初是咚、咚的脚步声,接着像是一声嗷叫,隔得远,低沉的,然后是一声尖叫,远远的,接着越来越响,越来越近,从山脊上传来,传到院子里,到了门廊上。一个沉重的身体抵住了大门,小屋在身体的重压下摇晃。似乎有什么东西冲进屋内,随之一声尖叫。南希!

"它咬住他了!"她尖叫道,"咬住他了,从窗户跳进来,咬住了他的喉咙。荷祖,"她悲号,"老荷祖。"

后半夜男人们回来了,拎着一只兔子和两只松鼠。

三

暗夜里,老加百利回到他的床边。他可以坐在椅子里,也可以躺下。他缓缓地躺到床上，把鼻子陷进被子的感觉和气味里。他们那样做没用的，他能闻到那一只。自从他们开始谈论它那会儿，他就一直能闻见它，一直能闻见。有个晚上它出现了——和周围所有事物的气味都不同，与黑鬼、奶牛、大地的气味都不一样。塔尔·威廉姆斯看见它扑到一头公牛身上。

加百利突然坐起身。它越发近了。他下了床，拖着腿走到门口。这扇门他是关上了；另一扇肯定还开着。一阵微风吹进来，他走进风里，感受到夜的气息扑面而来。这扇门是开着的。他砰地把门关上，插上门闩。这样做有什么用呢？那只猫若打定主意要进来，它就能进来。他走回到椅子边坐下。如果它要进来，会从东面进来。有股微弱的气流围绕着他。门边有个猎狗进出的洞；还没等他跑出去，野猫就会咬通这个洞进来。如果他靠后门坐着，可能会逃得快一些。他站起身，拖着椅子走到房间另一头。气味越发近了。也许他可以试着数数，他能数到一千呢。这方圆五英里地没哪个黑鬼可以数到这么多。他开始数起数来。

摩西和路加六小时内回不来。明天晚上他们不会出去，可是这野猫今晚就会逮住他。让我和你们一起去吧，我可以帮你们闻到它。这附近只有我有这么好的嗅觉。

他们会说，在林子里他们会把加百利弄丢的。逮野猫可不是他的事。

我不怕野猫,也不怕什么树林。我和你们一起去吧,让我去吧。

那你一个人待在这里又怕什么呢,他们哈哈大笑。没有什么能伤到你。如果你害怕,我们可以带你去玛蒂那里。

玛蒂那里!带他去玛蒂那里!和女人们坐在一起。你们把我看做什么了?我可不怕什么野猫。但是它往这儿来了,孩子们,它才不会待在林子里——它会到这里来。你们去林子里纯粹浪费时间。就待在这里,你们会逮到它。

他是要数数的呀。数到哪里了?五百零五,五百零六……玛蒂那里!他们把他看成什么了!五百零二,五百零……

他僵直坐在椅子里,双手紧握住膝盖上的拐杖。它不会逮住他的,他又不是娘儿们。他的衬衫湿津津地贴着身子,发出更浓的汗湿味。男人们下半夜都回来了,拎着一只兔子和两只松鼠。他开始回忆起另外一只野猫,记得那会儿他是在荷祖的小屋里,而不是和一帮女人在一起。他心里琢磨难道他是荷祖吗?他是加布鲁呀!他可不是荷祖,它不会逮住他的。他会反抗,他最终会把它击垮,他会……他怎么能做到这些呢?有四年多了他连鸡的脖子都没拧断过。它会逮到他的。除了等待,他什么事也干不了。气味越发近了。人老了,除了等待,什么事也干不了。它今晚就会逮到他。它的牙齿炙热,爪子冰冷。爪子会陷进柔软的肉里,而牙齿会咬断他的筋肉,刮到里面的骨头。

加百利感觉到身上的汗。它肯定能闻到我,就像我能闻到它一样,他这么想。我坐在这里,闻啊闻,它会走进来,闻啊闻。两百零四,他数到哪里了?四百零五……

突然传来一阵刮擦烟囱的声音。他身子朝前坐着,身体紧绷,喉咙发紧。"来吧,"他悄声说,"我就在这,我等着。"他无法动弹。他动弹不得。又传来一阵刮擦声。他不想被逮到后遭罪,可他也不愿意就这么等。"我在这里,"他——又传来一声微弱的声音,接着是鼓翅声。蝙蝠。紧握着拐杖的手放松了。他应该知道这不会是它啊。这会儿它肯定还没到谷仓。是什么让他的鼻子不灵光了?他怎么啦?这方圆百里之内没有哪个黑鬼的鼻子像他这么灵。他又听到一阵刮擦声,来自不同的方向,从房间的角落里,那里有一个猫洞。呲啦……呲啦……呲啦。是蝙蝠。他早知道是只蝙蝠。呲啦……呲啦。"我就在这里。"他低声说。不是什么蝙蝠。他双脚撑地想要站起来。呲啦。"主在等我,"他悄声说,"他可不想见到我脸被撕裂的样子。你为什么不继续呢,野猫,你为什么想要我?"这会儿他站了起来。"主可不愿看到我身上有野猫的痕迹。"他朝着猫洞走去。河的对岸，主和一群天使在等他，还给他备好了一套金色圣衣等他穿上。他到了之后就穿上这件圣衣，和主，和那群天使站在一起，审判尘世。这方圆五十英里没有哪个黑鬼比他更适合审判。呲啦。他听着。他能闻见，它就在外面，将鼻子凑到洞口。他必须得爬到某个地方！他朝着它的方向走过去干什么？他必须得爬到一个高处。烟囱上方钉着一个架子，他慌乱地一转身，倒在了椅子上，椅子被身体的重量推到壁炉边。他扶住架子站起来，站到椅子上，向上一跃，又朝后一跃，有一忽儿他摸到身下那个窄窄的架子板，感觉板子往下陷，又猛然一抬脚，觉得架子板从某处裂开了。他吓得心惊胆战，架子板掉落在他脚边，椅子的横档打到他的头，瞬间的停滞之后，他听见一阵低沉的喘息的动物哭号声越过两座山坡，从他身边飘远了；接着是一阵号叫，短促而狂暴地将这痛苦的哀号撕裂。加百利僵直地坐在地板上。

"奶牛，"他终于缓过气来，"奶牛。"

他渐渐感到自己的肌肉放松了。它先咬到了奶牛，现在走了，可明晚还会来。他颤颤巍巍从椅子边站起来，踉跄着回到床上。这猫应该在半英里之外了。他不再像当年那么敏捷了。他们不应该留老人独自在家。他早告诉过他们，在林子里什么都逮不到。明晚它会再回来。明晚他们应该待在这里，干掉它。这会儿他想睡了。他早告诉过他们,林子里是逮不到什么野猫的。能告诉他们哪里可以逮到野猫的那个人是他。他们早该听他的,不然这会儿早逮着了。当他死的时候,他希望是睡在床上,他可不想躺在地上,一只野猫咬住他的脸。主在等他。

他醒来的时候,看到黎明的黑暗中充满了早上的各种声息。他听见摩西和路加在火炉旁的声音,闻到煎锅里咸肉的香味。他伸手去够鼻烟,含在唇间。"你们逮到什么啦?"他中气十足地问道。

"昨晚什么也没逮到。"路加把盘子放到他手里,"这是你的咸肉。你怎么把那个架子摔坏了?"

"我才没摔坏什么架子,"老加百利低声嘀咕,"风把它刮下来,大半夜把我惊醒了。它本来就不稳,看着是要掉的样子。你们从来没建过什么牢固的东西。"

"我们下了套子,"摩西说,"今晚能逮着那只野猫。"

"你们准会的,孩子们,"加百利说,"今晚它肯定会来这儿。昨晚不是在半英里外还杀了一头奶牛吗?"

"那也不一定今晚就会朝这边来。"路加说。

"它会朝这边来。"加百利说。

"你杀死过多少只野猫呀,爷爷?"

加百利停住了；手里装着咸肉的盘子微微颤抖。"我可不骗人，孩子。"

"我们很快就会抓到它的。我们在福特的林子里下了套。它就在那附近出没。我们每晚就在下套的那棵树上等着，直到我们抓到它。"

他们的叉子在锡盘上刮来刮去，如同刀一样的牙齿碰到了石头。

"你还要咸肉吗，爷爷？"

加百利把叉子放在被子上。"不要了，孩子，"他说，"不要咸肉了。"空落落的黑暗包围着他，动物们的哀号声刺破这黑暗的深处，和他喉咙里怦怦的脉搏跳动混合在一起。

庄　稼

桌上的面包屑总是韦乐顿小姐清理的。这是她特别的家务成就，她总是尽心尽力完成。露西娅和柏莎负责洗碗，迦纳进客厅做《早报》上的填字游戏。这样就只剩下韦乐顿小姐独自一人在餐厅里，她也从不介意。唉！这所房子里的早餐总是场磨难。露西娅坚持早餐应该和其余用餐时间一样，也需要有个固定的时间。露西娅说固定的早餐时间是为了其他固定的习惯准备的，而且迦纳喜欢挑三拣四，因此在饮食上建立一个常规制度势在必行。这样一来，她也可以确保迦纳在他的麦乳里加上琼脂。韦乐顿小姐心想，他都这样吃了五十年了，好像他还能换种吃法似的。因早餐引起的争执总是从迦纳的麦乳开始，以她的三满勺菠萝汁结束。"你清楚你的胃酸吧，韦莉，"露西娅小姐总会这么说，"你清楚你的胃酸吧"；然后迦纳的眼睛会往上一翻，再说几句让人厌烦的话；柏莎会跳将起来，露西娅则一脸郁闷的样子，而韦乐顿小姐会吞下这三勺菠萝汁，心满意足地咂嘴回味。

清理桌上的面包屑让人放松。可以用这个清理的时间想事情，如果韦乐顿小姐打算写个故事的话，她得先构思。通常在打字机前坐下来的时候，她构思最清晰，但是目前这样也可以。首先，她必须构思一个故事的主题。可以写成故事的主题很多，以致韦乐顿小姐一个也想不出来。她总说，这是写故事的最困难之处。她花费在思考写什么的时间，远远超过她真正写作的时间。有时候她花了一到两周的时间，放弃一个又一个主题，才最终决定要写什么。韦乐顿小姐拿出银质刮屑器和屑铲，开始清理桌面。她沉思道，面包师会不会是一个好的题目呢？国外的面包师都很别致，她想。玛蒂尔·菲尔摩姨妈留给她四张法国面包师的上色彩照，他们戴着蘑菇形状的帽子，都是高个子的帅小伙——金发……

"韦莉！"露西娅小姐尖叫道，拿着几个盐瓶子走进餐厅，"我的天，把屑铲放在刮屑器下面，不然面包屑都会掉到地毯上。上星期我就清扫了四次，我可不想再做一次。"

"你又不是为了清理我落下的面包屑，"韦乐顿小姐不客气地说，"我掉的面包屑我都捡起来了。"她又加了一句，"而且我掉的并不多。"

"这次记得把刮屑器先洗洗再放上去。"露西娅小姐回嘴道。

韦乐顿小姐把面包屑扫到自己手里，扔出了窗外。她把屑铲和刮屑器拿回厨房，放在冷水龙头下冲洗，再把它们擦干，放回抽屉里。完成了。现在她可以回到打字机前，一直待到午餐时间。

韦乐顿小姐在她的打字机前坐下，舒了一口气。好了！她刚才一直在想什么来着？哦。面包师。嗯。面包师。不，面包师不行。不够生动。面包师没什么社会冲突。韦乐顿小姐坐在那里，瞪着打字机。ASDFG——她的眼睛在键盘上游荡。嗯。老师？韦乐顿小姐心想。不，天哪，不行。老师总让韦乐顿小姐不大舒服。她在柳树池中学的老师们倒还不错，可她们全是女的。柳树池女子中学，韦乐顿小姐记得。她不喜欢这个词，柳树池女子中学——听起来很生物学的感觉。她通常只说她是柳树池的毕业生。男老师总让韦乐顿小姐觉得要说错话，再说老师也不合时宜了。他们连社会问题都算不上。

社会问题。社会问题。嗯。佃农！韦乐顿小姐从未和佃农有过密切的接触，然而她反思到，以这个为主题颇有艺术气息，还能赋予她一种关心社会的情怀，这对她祈望进入的那个圈子来说，意义非同寻常！"我总是能充分利用，"她低声说道，"钩虫这个题材。"现在灵感来了！确定无疑！她的手指在键盘上兴奋地悬空舞动。然后她突然以极快的速度打起字来。

"罗德·莫顿，"打字机这么写道，"唤他的狗。"打完"狗"这个字，她倏然停下来。韦乐顿小姐的第一句总是最好的。"开头的一句，"她总这样说，"闯进她的脑子——像一道闪电！就像一道闪电！"她会这样说着，同时打个响指，"像一道闪电！"接着她从第一句开始建造她的故事。"罗德·莫顿唤他的狗"已经自动和韦乐顿小姐在一起了，她重读了这句话之后，断定"罗德·莫顿"不仅是个佃农的好名字，而且让他唤他的狗，也是最适合佃农做的事情。"狗竖起耳朵，悄悄溜到罗德身边"。韦乐顿小姐在打字机上打下这句话，尚未意识到她的错误——一段里面出现了两次"罗德"，听起来刺耳。打字机退到原处，韦乐顿小姐在"罗德"上面打了三个×，然后在上面用铅笔写上"他"。现在她准备好继续往下写了。"罗德·莫顿唤他的狗。狗竖起耳朵，悄悄溜到他身边。""狗"又出现了两次，韦乐顿小姐心想。嗯……但她觉得这没有两个"罗德"那么难听。

韦乐顿小姐是她所谓的"声音艺术"的忠实信徒。她坚信，耳朵和眼睛对于阅读同等重要。她喜欢这样表述。"通过抽象语言的描绘，眼睛形成一个画面，"她这么告诉"殖民地之女联合会"的一群人，"一次文学冒险（韦乐顿小姐喜欢'文学冒险'这个词组）的成功依赖于头脑中创造的这种抽象语言，和它存于耳中的音质（韦乐顿小姐也很喜欢'音质'这个词）。""罗德·莫顿唤他的狗"这个句子有种辛辣尖锐的气质，接下来这句"狗竖起耳朵，悄悄溜到他身边"，给了这个段落需要的开局。

"他拉住这牲畜又短又瘦的耳朵，和它一起滚到泥里。"也许，韦乐顿小姐思忖道，这样有点过头了。然而她知道，一个佃农在泥里打滚，应该合乎人们的想象。她读过一本描写过这类人的小说，里面有四分之三的叙述，都是他们做过的不体面的事情，而且更糟。露西娅是在清理韦乐顿小姐书桌抽屉时发现这本书的，她随手翻了几页，就用大拇指和食指夹着它，扔进了火炉。"韦莉，今天早上我清理你的书桌时，发现了一本书，肯定是迦纳开玩笑才放在那儿的，"露西娅后来告诉她，"是本烂书。不过你了解迦纳这个人。我把书烧了。"接着，她窃笑着，又加了一句："我肯定，这书不会是你的。"韦乐顿小姐也很明白，这书不可能是别人的，只可能是她的，可她犹豫着要不要声明她的不同趣味。这本书是她直接从出版社订购的，因为不想去图书馆借。加上邮费，花了她三美元七十五美分，还有最后四章没读完。至少，她从书里学到了很多。比如让罗德·莫顿和他的狗一起滚到泥里这个场景并不夸张离谱。她认定，让罗德这样做也让钩虫更加切题。"罗德·莫顿唤他的狗。狗竖起耳朵，悄悄溜到他身边。他拉住这牲畜又短又瘦的耳朵，和它一起滚到泥里。"

韦乐顿小姐稍稍往后靠了靠。这个开头不错。现在她要开始构思行动了。当然，故事里得有个女人。也许罗德可以杀掉她。这种女人总是惹麻烦。她甚至故意去招惹他，让他因她的放浪而起杀意，之后可能又受良心谴责。

如果是这样发展的话，罗德就必须要有一些道德准则，要赋予他这些并非难事。可是如何把这个糅进必须要发生的情爱故事里？必须要有一些暴烈的、自然主义的场景，某种施虐的场景，通常人们一读到就会联想到那个阶层。这是个难题。然而，韦乐顿小姐喜欢这样的难题。她最喜欢设计激情场面，可是动笔写的时候，她总是觉得不自在，担心她的家人如果读到会说些什么。迦纳会瞅准每个机会朝她眨眼，打响指；柏莎会觉得她很可怕；露西娅会用她那傻兮兮的声调说："你一直在瞒着我们什么呀，韦莉？你一直在瞒着我们什么呀？"然后会像平日里那样嗤嗤傻笑起来。但现在韦乐顿小姐没时间多想；她要设计小说中的人物。

罗德该是个高个子，有些驼背，毛发茂盛。尽管他的脖子发红，双手粗大笨拙，一双悲伤的眼睛却让他看上去像个体面人。牙齿必须整齐，要有一头红发，表明他颇有些精气神。他的衣裳松松垮垮，却丝毫不以为意，似乎那就是他皮肤的一部分；也许，她继续沉思道，还是不要让他和狗一起打滚吧。这个女人应该还算好看——黄色头发，胖胖的脚踝，暗褐色的眼睛。

这个女人会在小屋里为罗德备好晚餐，他会坐在那里吃着她懒得放盐的疙疙瘩瘩的玉米粥，一边思考着某件重要的事情，某个不着边际的事情——另一头奶牛，一栋粉刷过的房子，一口干净的水井，甚至属于他自己的一个农场。这个女人会冲着他大叫大嚷，因为他砍的柴不够用，接着又抱怨后背的病痛。她坐在那里，瞪着他吃掉发酸的玉米粥，责备他没胆量去偷食物。"你就是一个该死的乞丐！"她会嘲笑他。罗德会告诫她别闹了。"闭嘴！"他会大喊，"我受够了。"她会翻着白眼，嘲笑他，然后大笑——"我才不怕像你这样的人。"接着他会把椅子往后一推，朝她走过去。她会从桌上抓起一把刀——韦乐顿小姐心想这个女人真蠢啊——她向后退，胸前握着那把刀。他朝她猛扑过去，可她避开了他，迅疾如一匹野马。他们再次面对面——眼中充满仇恨——身体前后晃动等待进攻。韦乐顿小姐能听见时间滴落在外面的锡皮屋顶上。他再次朝她猛扑过去,她拿好刀子,随时都会刺进他的身体——韦乐顿小姐再也无法忍受。她朝着这个女人的后脑勺猛击一掌。女人手中的刀跌落,一阵轻雾从房间里卷走了她。韦乐顿小姐转身对着罗德说:"我给你盛些热玉米粥吧。"她走到火炉边,拿了一只干净盘子,盛着洁白软滑的玉米粥和一块黄油。

"啊,谢谢。"罗德说着,对她微笑,露出整齐的牙齿。

"你知道吗,你总是处理得这么得当。"他说,"我一直合计着——我们可以搬出这个租佃的农场。我们可以有个像样的住处。如果咱们今年可以转卖些东西出去,我们可以用这部分钱买头奶牛,慢慢建立我们的家当。想想它意味着什么吧,韦莉,想想吧。"

她在罗德身旁坐下,手搭在他的肩上。"我们就这么干吧,"她说,"我们会比往年都要好,到了春天,我们就会有头奶牛的。"

"你总是明白我在想什么,韦莉,"他说,"你总是明白。"

他们又坐了很长时间,想着彼此是如何情投意合。"把饭吃了吧。"她最后说。

他吃完饭,帮着韦莉掏出炉灰,在七月的炎热夜晚,他俩沿着牧场朝小溪走去,谈论着他们未来某一天将要拥有的土地。

到了三月末，雨季很快就要来临，他们完成的事情简直让人难以置信。过去的一个月，罗德每天早上五点起来，而韦莉四点就起了，他俩要趁着天好的时候把所有庄稼都收割完。罗德说，下星期可能就会下雨了，如果不能及时把庄稼收拾进来，他们就要损失了——包括前几个月他们所有的收获。他们清楚这意味着什么——和去年一样，他们将勉强度日。而且，来年他们会有一个孩子，而不是一头奶牛。罗德倒是一心想要头奶牛，"养个孩子花不了多少钱，"他会争论说，"奶牛还能帮着喂饱娃。"然而韦莉心意已决——奶牛以后可以再要——孩子可得有个好的开端。"或许，"罗德说，"我们两个都能养活。"接着他走出门去，看着新犁过的土地，似乎能从犁沟里看出来年的收成似的。

虽然他们拥有的东西不多，这依然是个好年头。韦莉打扫了棚屋，罗德修好了烟囱。门边的牵牛花盛开，窗下的金鱼草亦是生长繁茂。是个宁静的一年。可眼下他们为庄稼的事情烦恼。他们必须抢在雨季前收割好。"我们还需要一个星期。"罗德那天晚上进屋的时候低声嘀咕道，"再有一星期，咱们就能完事。你想收庄稼吗？你也是没办法，"他叹了口气，"可我雇不起帮手。"

"我可以的，"她说，把发抖的双手藏在身后，"我去。"

"今晚阴天呢。"罗德阴郁地说。

第二天他们一直干到天黑——干到再没力气了，才踉跄着走回小屋，瘫倒在床上。

夜里韦莉疼醒了。是一种轻柔的不太成熟的疼痛，紫色的光穿过这疼痛。她不清楚自己是不是醒着。她的头晃到左边，又晃到右边，脑子里有多重影子嗡嗡作响，如同巨石碾压。

罗德坐起身。"是不是很糟糕？"他颤抖着问道。

韦莉用胳膊肘支起了身子，又颓然倒下去。"去溪边找安娜。"她喘息着。

脑子里的嗡嗡声越来越响，阴影的颜色越发灰暗。开始的时候，疼痛持续的时间很短促，夹杂着嗡嗡声和灰影，后来就没完没了地疼。它一次次袭来，嗡嗡声越来越清晰。到早晨的时候，她才意识到那是雨声。她哑着嗓子问："雨下了多久了？"

"差不多整整两天了。"罗德回答。

"这么说庄稼没了。"韦莉无精打采地望着屋外滴雨的树，"完了。"

"没完，"他柔声说，"我们有了个女儿。"

"你想要个儿子。"

"不，我得到了我想要的——现在有两个韦莉了——这可比一头奶牛还要好，"他咧嘴笑道，"我该怎么做才配得上我得到的呢，韦莉？"他弯腰亲了亲她的额头。

"我该怎么做呢？"她慢慢地问，"我该怎么做才能帮到你更多呢？"

"韦莉，你去一趟杂货店怎么样？"

韦乐顿小姐把罗德从身边推开。"露西娅，你——你说什么？"

"我说这次你去杂货店怎么样？这星期每天早上都是我去，这会儿我忙着。"

韦乐顿小姐从打字机前往后一靠。"好吧，"她锐声说道，"你要买什么？"

"一打鸡蛋，两磅西红柿——熟的那种——你也该治治你的感冒了。你在流泪，嗓子也哑了，浴室里有阿司匹林。开张支票给杂货店。穿上外套，天冷了。"

韦乐顿小姐翻了个白眼。"我四十四岁了，"她扬声说道，"我能照顾好自己。"

"买熟透的西红柿。"露西娅小姐回嘴道。

韦乐顿小姐的外套没扣整齐，她步履沉重地走到布洛德大街，进了超市。"要买什么来着？"她自言自语道，"对了，两打鸡蛋和一磅西红柿。"她走过一排排的罐装蔬菜和各式饼干，向装鸡蛋的盒子走过去。但是没有鸡蛋。"鸡蛋在哪？"她问一个正在称油豆角的男孩。

"我们只有小母鸡的蛋。"他说道，又捞出一把豆角。

"嗯，在哪里？有什么区别？"韦乐顿小姐询问道。

男孩把一些豆角扔回箱子里，无精打采地走到装鸡蛋的盒子边，递给她一个硬纸盒。"其实没多大区别，"他解释说，把口香糖推到门牙上，"就是年轻的小鸡吧，我也不清楚。你要吗？"

"要，再来两磅西红柿。要熟的。"韦乐顿小姐加了一句。她不喜欢购物。这些店员们凭什么神色倨傲。如果是露西娅，这男孩就不会这么磨蹭。她付过鸡蛋和西红柿的钱，就匆匆离开了。这地方让她心情沮丧。

一家杂货店会让人心情沮丧，这真可笑——不过是些家用的七七八八——这些买豆角的女人——用购物车推着孩子，为个南瓜多了还是少了八分之一磅讨价还价——她们能从中得到什么呢？韦乐顿小姐想不明白。这里有自我表达、创造和艺术的空间吗？她周围全是一样的景象——人行道上满是熙熙攘攘的行人，手里拎满了小购物袋，他们的脑子里也充满了小购物袋——那边有个女人，用带子拴着一个孩子，拉着他，拽着他，把他从摆放着杰克南瓜灯的橱窗旁边拖走；她可能下半辈子都要这样拉着他，拽着他。那边还有一个，购物袋掉在地上，东西撒了一地，另一个在给孩子擤鼻子，街那头有个老妇人，带着三个蹦蹦跳跳的孙儿孙女，在他们后面有一对情侣，两人很不雅地紧贴在一起走着。

韦乐顿小姐目光犀利地看着这对情侣走近，经过她。女人很丰满，黄色头发，脚踝很胖，暗褐色的眼睛。她穿一双浅口高跟鞋，蓝色脚镯，一条短得过分的棉质裙子，外面套件格子夹克。她皮肤上长了斑点，脖子往前探着，似乎要去嗅某种一直在飘移的气味。她的脸固定在傻笑的表情里。男人身材颀长，脸色憔悴，毛发茂盛。他双肩驼着，粗红的脖子一侧长了黄色节疤。他们垮着身子往前走，他的双手笨拙地摸索着女友的手，有一两次他朝她谄媚地笑着，韦乐顿小姐能看见他整齐的牙齿，悲伤的眼睛，前额上还起着皮疹。

"呃。"她打了个冷颤。

韦乐顿小姐把买来的东西放在厨房桌子上，回到打字机前，看了看里面的纸。"罗德·莫顿唤他的狗，"上面写道，"狗竖起耳朵，悄悄溜到他身边。他拉住这牲畜又短又瘦的耳朵，和它一起滚到泥里。"

"听起来糟透了！"韦乐顿小姐低语道。"总之不是一个好题目。"她断定。她需要更生动的东西——艺术性更强。韦乐顿小姐久久地盯着打字机。突然间,她狂喜地捶了几下桌子。"爱尔兰人!"她尖叫着,"爱尔兰人!"韦乐顿小姐向来仰慕爱尔兰人。她觉得,他们的爱尔兰音调充满了乐感;他们的历史——宏伟壮丽!那些人啊,她沉思道,那些爱尔兰人啊!他们精气神十足——红发,宽肩和漂亮的八字胡。

火　鸡

　　他的枪在阳光下和树枝间闪耀，发出金属的光。他从嘴边挤出一条缝，低声吼道："好了，梅森，你到头了。花招耍尽了。"梅森腰间别着的几支六发式左轮手枪伸出来，如同等待猎物的响尾蛇，他却将手枪在空中翻转了几下，它们落在了他脚下，梅森将手枪踢到身后，如同几块干了的犍牛颅骨。"你这个无赖，"他嘀咕道，拉紧了拴在俘虏脚踝上的绳子，"这是你最后一次偷牛了。"他后退三步，把枪举到与眼睛平行。"好了，"他用冷冷的、缓慢又确切的语气说，"这是……"就在此时，他看见了它，朝更远的灌木丛中稍微移动了一些，一抹青铜色，一阵沙沙声，接着，通过树叶间的空隙，那只眼睛，长在皱巴巴的红皮里，红皮耷拉下来覆盖了脑袋，沿着脖子垂下来，轻微地颤抖。他纹丝不动地站着，火鸡又挪了一步，停下，抬起一只脚，驻足聆听。

他要是有支枪就好了，他要是有支枪就好了！他就可以瞄准它，开枪击中。顷刻之间，它会从灌木丛中溜掉，在他还没来得及看清它逃跑的方向之前，飞上一棵树。儒勒的头一动不动，他仔细查看地面，看附近是否有石头，而地面似乎才被清扫过。火鸡又跑了。半抬起的脚放下了，翅膀张开着耷拉在上面，儒勒能看见那支长长的羽毛，在尾端支棱着伸出来。他想，如果他跳进灌木丛，正好骑在火鸡上会如何……火鸡又跑了，翅膀升起来，又下去。

他马上猜到火鸡可能瘸了。他试着悄悄挪近它，尽量让自己的行动不被察觉。它的脑袋突然从灌木丛里伸出来，又缩了回去，迅速退回灌木丛。他离火鸡大概只有十英尺。他开始一点点挨近火鸡，手臂伸直，手指随时准备死死抓住它。火鸡明显瘸了，可能飞不起来。它又一次伸出脑袋，看到他后马上缩了回去，又从灌木丛的另一边探出来。它的动作侧向一边，左翅拖在地上。他要抓住它，就算追出县城也要抓住它。他缓慢爬过灌木丛，看见它就在二十英尺开外，警惕地望着他，脖子上下动着。火鸡俯身，试着张开双翼，俯身朝一侧走了几步，又俯身，试着飞起来；他能看出来，它飞不了啦！他要抓住它，就算追出州界也要抓住它。他可以想见自己走进前门，肩上扛着火鸡,大家都尖叫:"瞧啊,儒勒扛着的那只野火鸡!儒勒!你在哪儿抓住的?"

哦,他是在林子里抓住的;他觉得他们也许顶愿意让他给他们捉上一只。

"你这只疯鸟,"他嘀咕道,"你飞不了啦。我已经逮到你了。"他绕了一个大圈,想从后面抓到火鸡。有那么一忽儿,他几乎认为自己可以直接就去捡起它。它一只脚摊开着跌落在地上,他离它近到可以扑过去的时候,它却奋力腾空而起,吓了他一跳。他在后面追赶,一直穿过一大片开阔而凋败的棉花地;它钻过篱笆,进了一片林子。他不得不手脚并用才从篱笆下钻过去,小心衬衫不被划破,眼睛始终盯紧了火鸡。儒勒再次朝火鸡猛扑过去,他有点头晕,但速度仍然快到能够追上它。如果在林子里追丢了,就别想再抓住它;火鸡正朝着另一边的灌木丛跑去。它会继续跑到大路上去,他要抓住它。他看见火鸡蹿入一片灌木丛,追着跑过去,追上之后,它又蹿了出去,顷刻消失在树篱下。他迅速穿过树篱,听见衬衫撕破的声音,感觉到手臂上凉凉的擦痕。他停了片刻,看了看撕破的衬衫袖子,而火鸡就在他前方不远,他能看见它越过山坡,又下到一块空地,儒勒猛冲过去。如果他带着火鸡回家,他们就不会注意到他的衬衫了。黑恩从来没有逮到过火鸡,他什么也没逮到过。他猜想，他们见到他时一定会惊呆的；他想他们上床了之后还会谈论这件事，他们一向就是这么对他和黑恩的。而黑恩对此一无所知，他总是睡得很沉。每晚他们一开始聊天，儒勒就会醒来。他和黑恩睡一个房间，父母睡在隔壁，中间的房门总是开着的，每晚儒勒都会听。他们的父亲最后总会问："孩子们怎么样了？"接着母亲会说，天哪，他们要把她累死了，天哪，她觉得不应该发愁，可是看看黑恩现在这个样子，她怎能不发愁呢？黑恩一直是个特别的孩子，她说。她说他长大以后也会是个特别的人；他们的父亲说，是啊，如果他不会先被关进监狱的话，母亲说你怎么能这么说话？接着他们会像儒勒和黑恩一样争吵，有时候儒勒会因为想得太多而无法入睡。每次听完他都觉得疲惫，然而每晚还是会醒过来听，每次他们谈到他的时候，他会从床上坐起身，好听得更清楚。有一次父亲问，为什么儒勒总是一个人玩，母亲说她怎么知道呢？如果儒勒想一个人玩，她觉得也没什么不可以的；父亲说这个让他担心。母亲说，好吧，如果他担心的就这一件事的话，那就省省心吧。她说，有人告诉她，他们曾看到黑恩在"随时准备"酒吧，难道他们没告诉他那个地方他不能去吗？

第二天父亲问儒勒最近在干什么，儒勒说自己一个人玩，然后就装着一瘸一拐地走掉了。他想他父亲肯定是满面愁容。

他猜，等他肩上扛着火鸡回家时，才是件了不起的事呢。火鸡朝大路的方向跑了，朝着大路旁边的水沟奔去。它沿着水沟奔跑，儒勒一直紧跟着它，直到被一根伸出来的树根绊倒，口袋里的东西洒了出去，等他捡好东西站起身时，火鸡已经不见了。

"比尔，你带一队人下到南峡谷；乔，你抄近路绕过峡谷，拦截它，"他朝他的队伍大喊，"我从这条路跟上它。"接着就沿着沟渠跑去。

火鸡就在沟渠里，离他不到三十英尺，趴在地上直喘气，他离它只有一码了，它又飞奔起来。他一直追到沟渠的尽头，它冲到大路上，溜进另一边的树篱下。他在树篱前停下，喘了口气，透过树叶的间隙，他能看见火鸡就在另一边，趴在地上，身体一起一伏地喘息。他看见它的喙张开着，里面的舌尖一上一下。它已经累瘫了，动弹不得，要是他的手臂能伸过去就好了，就可能逮住它。他靠近树篱，伸过他的手，一把抓住火鸡的尾巴。对方没有动静，可能火鸡已经死了。他把脸凑近树叶，望过去。他用一只手把小树枝推向一边，可它们又弹回来。他放开火鸡，用另一只手去挡着树枝。通过这个拨开的小洞，他看见火鸡喝醉了似的摇摇晃晃。他跑回到树篱的一端，到了另一边。他会捉住它的。它以为它有多聪明，他嘀咕道。

它歪歪扭扭穿过田野，又朝林子走去。不能让它进树林！否则他就再也逮不到它了！他紧追不舍，眼睛紧紧盯住它，突然，什么东西当胸击中了他，他眼前一黑，向后倒在地上，胸口的锐痛让他暂时忘掉了火鸡。他在地上躺了一会儿，感觉天旋地转。最后他坐了起来。眼前是他撞上的这棵树。他用双手揉了揉脸和胳膊，被划伤的长痕刺痛起来。他原本可以把它扛在肩上，他们会跳起来大叫大嚷："我的主啊，瞧瞧儒勒！儒勒！你从哪儿逮到这只野火鸡的？"他父亲会说："老天！这辈子我算头一回见了这样的鸟儿！"他踢开脚边的一颗石子。他再也看不到这只火鸡了。他不明白，既然他无法逮到它，为什么当初要让他看到它。

就像有人耍了一个下作的诡计。

这么跑啊跑啊，算是白跑了。他坐在那里，闷闷不乐地看着裤腿和鞋子间露出的白色脚踝。"疯子。"他低语道。他转身趴下，脸颊贴在地面上，不管脏不脏。他衣服扯破了，胳膊刮伤了，前额上还撞出一个包——他觉得包又鼓起了一些，会肿成一个大包的——一无所获。紧贴着脸颊的地面沁凉，但是地面上的沙子硌得脸生疼，他只好翻过身。唉，见鬼，他心想。

"唉，见鬼。"他小心翼翼地说。

过了一会儿，他只说："见鬼。"

接着，他照着黑恩的方式说了一次，把"e"这个字母拎出来，又模仿黑恩的眼神。有一次黑恩说"上帝！"，母亲在他身后生气地跺脚说："我不希望再听到你这么说话。'汝不可妄称主之名。'听见了吗？"他想这句话让黑恩闭嘴了。哈！他母亲那次可是给他好瞧的了。

"上帝啊。"他说。

他若有所思地看着地面，用手指在灰尘里画着圈圈。"上帝！"他重复道。

"上帝，见鬼。"他轻轻地说。他感觉到脸颊在发热，胸口突然心跳加快。"上帝，该死的下地狱去。"他用几乎听不见的声音说道。他回头看了看，一个人也没有。

"上帝，该死的下地狱去吧，耶路撒冷仁慈的主啊。"他说。他叔叔说过"耶路撒冷仁慈的主啊"。

"仁慈的父，仁慈的上帝，把小鸡扫出院子吧。"他说着，轻声笑起来，脸颊通红。他坐起来，看着裤腿和鞋子之间露出来的白色脚踝，它们看上去似乎不是他的。他双手紧握住两只脚踝，弯起膝盖，把下巴抵在一只膝盖上。"我们在天上的父，射中了六个，跑了七个。"他说道，又哧哧笑起来。注意啊，如果让母亲听见了，会给他后脑勺狠狠一巴掌。上帝，该死的，她会给他后脑勺狠狠一巴掌。他大笑着，滚到地上。上帝，该死的，她会好好教训他，掐住他该死的脖子，如同掐住该死的小鸡。他笑到肋骨疼，想努力憋住不笑，可每每想到他该死的脖子，就笑得发抖。他躺在地上，笑得满脸通红，浑身无力，忍不住要去想母亲拍他后脑勺的样子。他一遍又一遍对自己说着这几个词，过了一会儿他止住了笑。他又说了一遍，却再也笑不出声了。他又说了一遍，还是笑不出来。跑了这么久，一无所获，他又想道。不如回家吧。坐在这里想干什么？如果大家取笑他的话，他倒是愿意坐在这里。喂，见鬼去吧，他告诉这些人。他站起来，狠狠地踢了其中一个人一脚，说："接招，傻瓜。"他转身走进林子，抄近道回了家。

他一进家门，他们就会大呼小叫："你怎么把衣服撕破了，额头上的包又是怎么回事？"他会说他掉洞里了。有什么区别呢？是啊，上帝，又有什么区别呢？

他几乎驻足不前，这种想法是以前从未有过的，他不知道自己是否应该收回这想法。他觉得这样很糟糕；可是……见鬼，他就是这么感觉的。他忍不住要这么想。他无能为力。去他的……见鬼，他就是这么感觉的，没办法。他又继续走了一小段路，一直想，一直想。他突然觉得自己是不是正在变"坏"。黑恩就是变坏了。黑恩打桌球，抽烟，大半夜十二点半才偷偷摸摸溜回家。嘀，他觉得自己是个人物。"你什么都做不了,"祖母这么告诉父亲,"他正好到了这个年纪。"什么年纪?儒勒不明白。我十一岁了,他想。还小呢。黑恩也是十五岁才这样的。我觉得自己比他还坏,他琢磨。他不清楚要不要和他斗一斗。祖母和黑恩说过,战胜魔鬼的唯一方法就是与他搏斗——如果他做不到,他就不再是她的孩子了——儒勒在树桩上坐下——她说她会再给他一次机会,他要不要?黑恩朝她大叫,不要!她能不能别烦他?祖母告诉他,好吧,即便他不爱她,她仍然爱他,他还是她的孩子,儒勒也一样。噢,不,我不是,儒勒飞快地想。噢,不,她可别想用她那套来压我。

嗬,他准能吓得她裤子都掉下来。他能吓得她牙齿都掉进汤里,他开始咻咻笑。下次等她问他要不要下一局巴奇四人棋,他会说,见鬼,不,该死的,她就不知道什么好玩的游戏吗?拿出她那些该死的牌,他会给她露几手。他在地上打着滚,笑得喘不过气来。"咱们喝点小酒吧,小子,"他会这么说,"咱们喝个烂醉。"嗬,他准会吓得她不轻!他坐在地上,满脸通红,咧嘴笑着,不时爆发出一阵笑声。他记得牧师说过,如今的年轻人成群结队地堕落,摒弃了温良之德,正走在撒旦的路上。他们总有一天会后悔的,牧师说。他们到时候会咬牙切齿,痛哭流涕。"痛哭流涕。"儒勒嘀咕道。男人不会痛哭流涕。

怎么才是咬牙切齿?他纳闷。他咬紧上下颚,做了个鬼脸，连着做了好几次。

他打赌他会偷东西的。

他想到自己追赶着火鸡却一无所获。这是个下作的诡计。他敢打赌自己会成为一个珠宝大盗。他们都很聪明。他相信整个苏格兰场都会来追踪他。见鬼。

他站起身。上帝会在你眼前置下诱饵，让你整个下午都在追逐，却一无所获。

然而，你不该这么去想上帝。

可他就是这么想的。如果这就是他感受到的，他有什么办法？他迅速朝四周扫了一眼，仿佛有人躲在灌木丛里，突然他打了个激灵。

它在灌木丛边上滚过去——一堆乱蓬蓬的青铜色羽毛，一只无力地趴在地上的红色脑袋。儒勒盯着它，无法思考；接着他小心翼翼地探身向前。他没打算碰它。为什么这会儿它在那里等着他去捡呢？他不打算碰它。它可能就是躺在那里。他肩上扛着火鸡进屋的情景又出现了。瞧瞧扛着火鸡的儒勒！天啊，看看儒勒！他在火鸡身边蹲下，看着它，没动手摸。他纳闷火鸡的翅膀是哪里出了问题。他拎起翅尖，看了看下面。羽毛浸满了血。它中枪了。它肯定有十磅重，他估摸。

天哪，儒勒！好大一只火鸡！不知扛在肩上是什么感觉。

他琢磨着，也许，他就该收下它。

儒勒为我们逮到一只火鸡。儒勒在林子里逮到它的，一直追直到它断了气。是的，他可是一个非常特别的孩子。

儒勒突然想知道自己是不是个特别的孩子。

他忽然意识到：他是……一个……特别的……孩子。

他觉得自己比黑恩更特别。

他比黑恩担心的事更多，因为他更知道事情是怎么回事。

有些夜里他听到父母争吵得你死我活，第二天父亲会早早出门，母亲的额头上青筋暴起，看起来好像她担心一条蛇会随时从天花板上跳下来。他觉得自己是这世上最特别的孩子之一，也许这就是火鸡在这里的原因。他用手摸了摸脖子。也许是让他不去变坏，可能上帝打算要阻止他变坏。

也许是上帝把火鸡击倒了，让他站起身的时候能看见它。

也许上帝这会儿就在林子里，等着他做决定。儒勒羞红了脸，他不知道上帝是否也认为他是一个非常特别的孩子。他肯定是。他发现自己突然脸红了，而且咧嘴笑着，他飞快地用手擦了擦脸，让自己停止胡思乱想。如果你想让我收下它，我很乐意。也许发现这只火鸡是个征兆。也许上帝希望他成为一个牧师。他想到了平·克劳斯贝和斯宾塞·屈赛。他可能会为这些会变坏的男孩子找到一处居所。他举起火鸡——它真沉啊——将它稳稳当当扛在肩上。他真希望能看到自己肩上扛着火鸡的样子。他突然想到自己可以绕远路回家——穿过镇子。他有的是时间。他慢慢悠悠地上路，把火鸡挪到肩上最妥当的位置。他想起没有发现火鸡之前自己想过的那些事情。真是挺坏的，他觉得。

他觉得上帝及时制止了他。他应该感恩。感谢您，他说。

来吧，孩子们，他说，咱们要用这只火鸡做晚餐。我们对您不胜感激，他对上帝说。这只火鸡有十磅重。您真是慷慨。

这没什么，上帝说。现在听着，我们现在得谈谈这些男孩子。他们完全靠你了，知道吗？我把这个任务就完全交给你了。我信任你，麦克法尼。

你放心，儒勒说。我会完成任务的。

他扛着火鸡走进镇子。他想为上帝做些什么，可他不清楚能做什么。如果今天街上有人拉手风琴，他会给他们一角钱。他身上只有一角钱，但他会给他们的。不过，也许他能想到更好的办法。他攒着这一角钱还有别的用场。他也许能从祖母那里再得到一角钱。给该死的一角钱怎么样，小家伙？他收起笑容，摆出一副虔诚的表情。他再也不会那么想了。反正他从祖母那里也要不到一角钱。他要是再向祖母要钱，母亲会抽他一顿的。也许有什么其他事情会出现，他可以做。如果上帝想让他做什么,他会安排的。

他走进镇里的商业区,透过眼角的余光,他注意到人们都在看着他。莫洛斯镇有八千居民,一到周六,大家都到商业区里的提尔福德店。儒勒经过时,他们都转过身来看着他。儒勒瞄了一眼商店橱窗上自己的映象,稍微移动了一下肩上的火鸡,轻快地朝前走。他听到有人喊他,故意装耳背,继续往前。喊他的,是他母亲的朋友艾丽斯·吉尔哈德。要是她找他有事,自然会跟上来。

"儒勒!"她喊道,"我的天哪!你从哪里得来的这只火鸡?"她从他身后快速赶上来,把手放在他肩上。"这只可真了不得,"她说,"你一定是个好枪手。"

"我可不是开枪打的,"儒勒冷淡地说,"我是徒手抓住的。我把它追得断了气。"

"天哪,"她说,"什么时候也给我捉上一只,怎样?"

"如果有时间的话。"儒勒说。她还自以为很可爱呢。

两个男人走过来,朝着火鸡吹了声口哨。他们朝角落里的另外几个男人喊叫,让他们过来看。他母亲的另外一个朋友也停下来,还有几个一直坐在马路牙子上的乡下男孩子站起身,装作毫不在意的样子打量这只火鸡。一个穿着猎装、带着一把枪的男子停下来,打量了一番儒勒,又从他身后绕了一圈,看着火鸡。

"你觉得这只火鸡有多重?"一位女士问道。

"至少有十磅吧。"儒勒说。

"你追了它多久?"

"大概一个钟头。"儒勒答道。

"该死的小鬼。"这个穿猎装的男人低声咕哝着。

"这简直太神奇了。"一位女士评论道。

"大概那么久。"儒勒说。

"你肯定累坏了。"

"不,"儒勒说,"我得走了。我赶时间。"他装出一副若有所思的样子,匆匆沿着街道走去,消失在他们的视野里。他感到周身暖和舒畅,仿佛某件很美好的事将要发生或者已经发生。他回头望了望,看见那群乡下男孩跟在他身后。他希望他们会走过来要求看一眼火鸡。他突然觉得,上帝一定妙不可言。他想为上帝做些什么。他还没看见有拉手风琴或者卖铅笔的小贩,他已经走过商业区了。走到住宅区的街道之前他可能会看到一个。如果看到了,他会送出这一角钱——即便他知道自己最近不可能再要到一角钱了。他开始希望能遇到一个乞讨的人。

那群乡下男孩仍然跟在他身后。他想,不妨停下来问问他们想不想看看火鸡。不过，他们或许只会盯着他。他们都是佃农的孩子，佃农的孩子有时候就是那样盯着你。他也许可以替佃农的孩子们找到一个家。他想过再回到镇上，看是不是错过了一个乞丐，转眼又认定人们会觉得他其实是在炫耀。

主啊，送来一个乞丐吧，他突然这么祈祷。到家前送我一个吧。在这之前他从未想过独自祈祷，可这倒是个好主意。上帝把那只火鸡放在那里，祂也会送给他一个乞丐，他心里笃定上帝会送他一个乞丐。他现在到了希尔街，这条街除了房子之外，什么都没有。能在这里发现一个乞丐才叫奇怪。人行道上空空荡荡，只有几个孩子和几辆三轮车。儒勒回过头看了看，那群乡下男孩子仍然跟着他。他决定放慢脚步，这样他们就能赶上来，或许也能给一个乞丐更多的时间，以便能发现他。如果有一个要来。他不确定会不会有一个要来。如果来了，就意味着上帝特地送来这一个，意味着上帝是真的有意。他突然害怕没有人会来，他突然害怕极了。

会有人来的，他告诉自己。上帝在意他，因为他是一个非常特别的孩子。他继续朝前走。街道这会儿空寂无人，他猜不会有人来了。可能上帝并不信任——不，上帝信任他。主啊，请你送一个乞丐来吧！他祈求。他的脸僵硬地绷着，肌肉扭成结，他说："求你！现在就给我一个。"话音刚落——海蒂·吉尔曼就在他前面的拐角出现了，径直朝他走来。

那感觉就像在林子里撞上那棵树。

她沿着街径直朝他走来，就像那只火鸡躺在那里，就像她一直藏在某栋房子后面，等着他路过。她是个老妇人，人们都说她是镇里最有钱的人，因为她已经乞讨了二十年。她溜进人们的房子，坐在那里，直到给她东西才离开。如果不给，她就会诅咒。不管怎么说，她到底是乞丐。儒勒走得快了些。他从口袋里掏出这一角钱，做好准备。他的心在胸膛里怦怦直跳。他担心自己说不出话，就试着发出些声音。他俩越走越近，儒勒伸出手，"给你！"他喊道，"给你！"

她是个高个子的长脸老妇，穿一件古旧的黑色外套，脸色如同死鸡的皮肤。看见他时，她如同突然闻到某种难闻的气味。儒勒冲过去把这一角钱猛塞到她手里，头也不回地跑开了。

他的心渐渐平静下来，开始有种焕然一新的感觉——同时觉得既幸福又窘迫。他红着脸想，或许他会把他所有的钱都给她。他觉得大地不需要再停在他的脚下。他突然注意到那群乡下男孩一直就跟在他身后，他想都没想就转过身，大方地问："你们都想瞧瞧这只火鸡吗？"

他们停下来，盯着他。打头的一个吐了口痰。儒勒迅速低头看了一眼，那里有货真价实的烟草汁！"你打哪里弄来的这只火鸡？"吐痰的那个问道。

"我是在林子里发现的，"儒勒答道，"我追得它断了气。瞧，它翅膀下面挨了一枪。"他把火鸡从肩上放下来，好让他们能看见枪伤处。"我觉得它挨了两枪。"他兴奋地继续说，把火鸡翅膀抻开来。

"让我瞧瞧。"吐痰的那个说。

儒勒把火鸡递过去，"瞧见下面这个弹孔了？"他问道，"嗯，我觉得是两次击中同一个地方，我觉得……"吐痰的那个把火鸡扔向空中，落到他的肩膀上，然后他转过身。火鸡的脑袋在儒勒眼前乱舞了几下。其余的几个男孩子跟着吐痰的小子一起转过身，朝着他们来的方向扬长而去。火鸡僵直地挺在吐痰小子的背后，火鸡的脑袋随着他的步子慢慢划着圈。

等儒勒回过神来，他们已经走到下个街区了。他终于意识到已经再也看不见他们了，他们已经走得太远了。他转身朝家的方向走，缓慢得如同爬行。他走过四个街区，突然意识到天黑了，就开始跑起来。他跑得越来越快，跑到通往家里的路上时，他的心跳得和他的腿跑得一样快了，他确信有个可怕的东西就在身后追着他，它的手臂僵直，爪子就要攫住他。

火　车

他一直想着那个乘务员，几乎把卧铺的事给忘了。他买的是上铺。车站的票务员说可以给他下铺，黑泽问有没有上铺，票务员说要是他想要上铺当然有，就给了他一个上铺。黑泽靠在座位上，看见头上的圆顶如何朝他覆盖下来。卧铺就在这里面。他们把圆顶拉下来，卧铺就在这里面，你得爬梯子才能上去。黑泽没看见周围有梯子，他寻思梯子被放在了储藏室里。储藏室就在车厢入口的上面。他刚上火车，就看见那个乘务员站在储藏室前面，正穿上乘务员工作服。黑泽马上停下来——就停在那里。

乘务员转头的姿势很像，他的后颈很像，短胳膊也很像。他转身离开储藏室，看着黑泽，黑泽看见了他的眼睛，眼睛也像；一模一样——乍一看和老卡什的眼睛一个样，再看就不一样了。黑泽盯着他的眼睛看时,它们就变了;一种发硬的漠然。"唔,床铺什么时候放下来?"黑泽嘟囔着问。

"还早呢。"乘务员说,又伸手进储藏室。

黑泽不知道还有其他什么可以和他说的。他走到自己的铺位旁。

火车飞快掠过丛丛树影与大块田野,寂静的天空在渐浓的暮色中迅速后退。黑泽把头靠在椅背上,望向窗外,车厢里的黄色灯光温和地照在他身上。乘务员来回经过了两次,第二次走过来时,锐利地看了黑泽一眼,什么也没说就过去了;黑泽转过身,像之前那样盯着他的背影。甚至他走路的样子都像。所有大峡谷的黑鬼都大同小异。他们看起来有同样的特征——壮实,秃顶,走起路来稳健如盘石。老卡什当年体重两百磅——没有多余脂肪——个头也就五英尺多一点点。黑泽想和乘务员聊聊。如果他告诉乘务员自己是伊斯特罗德人,乘务员会怎么说呢?他会说什么呢?

火车到了埃文斯威尔。一位女士上了车,坐到了黑泽对面。这就意味着她在他的下铺。她说她觉得要下雪了。她说她丈夫开车送她到车站,还说如果他到家的时候雪还没下下来,那才怪呢。他还得开十英里才到家;他们住在郊区。她去佛罗里达州看她女儿,之前她一直没时间去那么远的地方。事情就这么发生了，一件接着一件，时间看来过得真快啊，你都无法确认自己到底是老了还是依然年轻。她的神情仿佛时间欺骗了她，趁她睡觉无法好好看着的时候以加倍的速度流逝。黑泽很高兴有人可以说说话。

他记得小时候，他和母亲，还有其他孩子会坐田纳西那条线去到查塔努加。在火车上，他母亲总会主动和其他乘客搭讪，如同一只刚放出来的猎犬，肆意地跑，路上遇到每块石头、每根树枝，都要停下来闻闻嗅嗅，深深吸进周围的空气。到了下车的时候，列车上没有一个人她没搭过话的。而且她还记得他们。多年以后，她会提起，不知道那个去西堡的女士怎样了，那个售卖《圣经》的男人是不是把妻子接出了医院。她渴望与人交往——似乎她交谈过的那些人，他们身上发生的事情她都能感同身受。她是杰克逊家族的一员。安妮·露·杰克逊。

我母亲是杰克逊家族的一员，黑泽自语道。他并没用心听这位女士说话，虽然他仍然在看着她，她以为他在听。我叫黑泽·韦克斯，他说。我十九了。我母亲是杰克逊家族的一员。我在伊斯特罗德长大，田纳西的伊斯特罗德。他再次想起了那个乘务员。他想问问乘务员。他突然想到乘务员很可能就是老卡什的儿子。老卡什有一个儿子，跑了。这事发生在黑泽出生之前。即便如此，这个乘务员也该知道伊斯特罗德。

黑泽瞧着窗外，黑色的影子旋转着经过他。他闭着眼睛都能在黑夜里辨认出伊斯特罗德——那两栋房子，两栋房子之间的小路，那个商店，黑鬼们住的房子，那所谷仓，还有从牧场那开始延伸的篱笆。月光照在篱笆上的时候，是灰白的颜色。篱笆上那张骡子的脸，结结实实的，就让它挂在那里吧，感受这夜的气息。他自己感受到了。他感受到这夜柔和地轻触到他的周围。他看见妈妈从小道上迎向他，用解下的围裙擦了擦手，看上去似乎也沾染了夜色的变化，她站在门道上喊着：黑——泽——黑——泽，回来啊。火车替他做了回答。他想站起来去找那个乘务员。

"你是回家吗？"侯森太太问道。她全名华莱士·本·侯森；娘家姓是希区柯克，婚前她是希区柯克小姐。

"哦！"黑泽吃了一惊——"我在，我在托金汉姆下车。"

侯森太太在埃文斯威尔有些熟人，其中的一个表亲就在托金汉姆——一个叫做汉瑞斯的先生，她记得是这个名字。既然都是从托金汉姆来的，黑泽也许认识他。他有没有听说过……

"我不是托金汉姆人，"黑泽低声嘀咕了一句，"我对托金汉姆一无所知。"说这话时他没有看侯森太太，他知道她接下来要问什么，他感觉她就要问时果然就来了："哦，那你住在哪儿?"

他想从她身边离开。"是在那儿。"他小声嘟囔着,在座位里局促不安地扭动。他接着说:"我不是很清楚,我去过那儿,可是……这是我第三次来托金汉姆。"他急忙地说——她的脸慢慢接近他,盯着他——"我六岁离开后,就再也没来过,我对它一无所知。我在那儿看过一次马戏,不过……"他听见车厢尾部传来一阵当啷声,他瞧了瞧,想知道声音从哪里来。那位乘务员正把隔墙往外拉。"我得去找一下乘务员。"说着,他就从过道里逃走了。他不知道该对乘务员说什么。他到了乘务员身边,仍然不知道该说什么。"我猜你在整理卧铺。"他说。

"没错。"乘务员说。

"你整理一个要多久呢?"黑泽问道。

"七分钟。"乘务员说。

"我从伊斯特罗德来,"黑泽说,"我从田纳西的伊斯特罗德来。"

"那不在这条线,"乘务员说,"如果你是去这样一个地方,你就坐错车啦。"

"我是去托金汉姆,"黑泽说,"我在伊斯特罗德长大。"

"你想让我搭好你的铺吗?"乘务员问道。

"呃?"黑泽说,"田纳西的伊斯特罗德,你从来没听说过吗？"

乘务员把座位的另一侧抻平。"我是芝加哥人。"他说。他将窗户两边的百叶窗拉下来，又将另一个座位扳下来。就连他的后颈也像。他弯腰时，颈后就鼓出三块疙瘩。他是芝加哥人。"你别在过道中间站着，其他人可能要过路。"他突然对黑泽发难。

"我要去坐一会儿。"黑泽羞红着脸说。

他知道，在回到卧铺的路上，人们在盯着他看。侯森太太在看着窗外。她转过来，狐疑地看着他；然后她说，还没下雪呢，是不是？又放松地喋喋不休起来。她猜今晚她丈夫得自己做饭了。她雇了个女孩儿给他做午餐，但晚餐他得自己做。她没觉得这样做有时会伤到男人，她认为这样对他有好处。华莱士并不懒，可他从来不去想整天操持家务有多辛苦。她不知道在佛罗里达有人伺候是什么感受。

他是芝加哥人。

这是她五年来第一个假期。五年前她去看望了住在大激流城的姐姐。时间过得真快。姐姐已经离开了大激流城，搬到滑铁卢去了。她觉得现在若见到姐姐的孩子们大概会认不出来了。姐姐写信过来说他们已经长得和父亲一样高了。事情变化真快啊，她说。姐夫曾在大激流城的水力供应局工作——有很好的职位——可是在滑铁卢，他……

"我上次回到那儿，"黑泽说，"要是它还在的话，我是不会在托金汉姆下车的；它完全破败不堪了，你知道，就像……"

侯森太太皱了皱眉。"你说的肯定是另一个大激流城，"她说，"我说的大激流城是个大城市，它一直就在那里。"她盯着黑泽看了一会儿，又继续说："住在大激流城时他们相处得不错，可搬到滑铁卢之后他开始酗酒。姐姐得维持开销，还要教育孩子。"侯森太太搞不懂他怎么可以年复一年什么都不做。

黑泽的妈妈在火车上从不多说话，她多数时候是在听。她是杰克逊家族的一员。

过了一会儿侯森太太说她饿了，问他要不要一起去餐厅。他跟着去了。

餐车里坐满了人，人们排着队。黑泽和侯森太太排了半个小时队，在狭窄的通道上摇摇晃晃，每隔几分钟要紧贴着一侧，好让其他乘客通过。侯森太太开始和一旁的女士攀谈起来。黑泽傻愣愣地看着墙；他自己是决计没有勇气来餐车的，遇上侯森太太算不错了。如果她不是一直在说话，他可能会很巧妙地告诉她，他上次去过那里，那个乘务员不是那儿的人，可他看起来很像峡谷地区的黑鬼，太像老卡什的孩子。在他们用餐的时候他会告诉她的。从他站着的地方，看不到餐车里面的样子；他想知道里面是什么样子。应该像个餐馆吧，他想。他想到了卧铺。等他们吃完饭的时候，铺位应该就整理好了，他就可以躺进去了。如果妈妈看到他在火车上有个卧铺，会说什么呢！他敢说她从来没想过会有这种事儿。他们离餐车入口越来越近了，他可以看到里面的样子。和城里的餐馆一个样！他敢说她从来没想过会是这样。

一有人离开，领班就示意最前面一排的人进去——有时候就一个，有时候好几个。他示意让两个人进去，队伍朝前移动，黑泽、侯森太太以及和她一起聊天的那位女士就到了餐车的一头，朝里看着。很快又有两个人离开了。领班示意侯森太太和那位女士进去，黑泽跟在后面。领班拦住黑泽说"只能进两个人"，然后把他推回到门口。黑泽的脸红得不成样子。他试着走到下一个人的身后，又想试着穿过队伍回到自己的车厢，可是入口处挤了太多的人。他只好站在那里，周边的人都在看着他。有一会儿没有人离开，他只好站在那里。侯森太太也没有再看他一眼。终于餐车顶那头有位女士起身离开，领班猛然挥了挥手，黑泽犹豫了一会儿，看到那只手又挥了挥，就摇摇晃晃顺着过道往前走，途中绊到了两张餐桌，手也被别人的咖啡打湿了。他没有去看同桌的人。他点了菜单上的第一样东西，菜来了之后，他心不在焉地吃起来，也不知道自己在吃什么。和他同桌的人已经吃完了，他能感觉到，他们在一旁等着，看着他吃。

离开餐车的时候，黑泽浑身乏力，双手不由自主地微微发抖。那个领班示意他坐下的情景似乎发生在一年前。他在两节车厢间停下来，吸了吸冷空气，醒一醒脑子。起了些作用。他回到他的车厢时，所有的铺位已经整理好了，过道里幽暗且阴森，挂着厚重的绿帘子。他又意识到自己有一个铺位，是上铺，而他现在就可以进去。他可以躺下来，将帘子拉到刚好可以望出去的宽度——他就打算这么做——看看火车经过的夜景。他可以直视黑夜，在轻晃中。

他拿出行李，走到男厕所，换上睡衣。标示上写着：去找乘务员引导你去到上铺。他突然想到，那个乘务员可能是峡谷地区黑鬼中某一位的表亲；他也许可以问问他在伊斯特罗德附近是否有个表亲，或者在田纳西有没有。他沿着过道去找乘务员。在返回卧铺前，他俩也许可以随意聊一小会儿。乘务员不在车厢顶头，他又走到另一头去找。走到拐角处，他撞上一个艳粉色的东西；那东西喘着气，嘀咕道："真不小心！"原来是侯森太太，裹在粉红色的睡衣里，满脑袋发卷儿。他已经忘记她了。她看上去很吓人，头发滑溜溜地朝后梳，发卷如同毒蘑菇一样围住她的脸。她想走过去,他也想让她过去,可两人每次都朝相同的方向移动。她的脸都气紫了,只有脸上的小白斑没有变色。她僵直着身子,停下来不动,说:"你到底怎么回事?"他从她身边溜走,沿着过道跑下去,猛然撞上了乘务员,乘务员脚下一滑,黑泽一下跌倒在他身上,乘务员的脸就在他的脸下方,正是老卡什·西蒙斯的脸。他趴在乘务员身上,一时动弹不得,以为乘务员就是老卡什,他深吸了口气说:"卡什。"乘务员把他推开,站起身,沿着过道迅速走掉了,黑泽从地上爬起来,跟在他身后说他想进卧铺,一边又想,这就是卡什的家人。突然间他似乎不经意被某个念头击中:这就是卡什那个逃走的儿子。然后呢,他其实知道伊斯特罗德,只是不想接受,他不想谈论它,也不想谈论卡什。

乘务员竖起去上铺的梯子,黑泽站在一边盯着看,然后爬到梯子上,仍然看着乘务员,他看见卡什站在那里,只是有点不同,不是因为眼睛,他爬到一半时,仍然看着乘务员,说:"卡什死了。他从猪身上感染了霍乱。"乘务员嘴角向下一撇,眯眼看着黑泽,嘀咕道:"我从芝加哥来。我父亲是铁路上的。"黑泽盯着他,笑起来:一个黑鬼居然是铁路上的人;想想又笑起来,乘务员扭过胳膊,猛然抽走梯子,黑泽紧紧揪住毯子才进了上铺。

他趴在铺上发抖，刚才的动作让他惊魂未定。卡什的儿子，伊斯特罗德人，但是不接受伊斯特罗德，恨它。他静静地在卧铺里趴了一会儿，跌倒在乘务员身上的场景，仿佛发生在一年以前。

过了一会儿，他记起来自己确实是在卧铺里，他翻过身，看见灯光，环顾一下周围。没有窗子。

侧壁上没有窗子。它无法推上去，构成一扇窗子，里面没有暗窗。侧壁上有个类似渔网的东西延伸开去，但是没有窗子。他脑子里突然闪过一个念头：这是乘务员干的——给他一个没有窗子的铺位，只有一个渔网状的东西铺开着——因为乘务员讨厌他。其实所有的铺位都应该是这样的。

卧铺的顶部是低低的弧形，他躺下来。弧形的顶部看起来似乎没有完全合上；又似乎正在合上。他静静地躺了一会儿。喉咙里像是有什么东西，一块海绵，带着一股子鸡蛋的味道。他晚餐吃了鸡蛋，它们在喉咙的海绵里，它们就在他的喉咙里。他不敢翻身，怕它们会动；他想关灯，他需要黑暗。他没翻身就伸手去关灯，摸到了开关，关上它。黑暗落到他身上，接着又变浅了些，过道的光从掀开的帘子一角透进来。他渴望一片漆黑，他不想要稀释的黑暗。他听到乘务员的脚步沿着过道走来，落在地毯上显得很柔和，平稳地走过，轻轻擦过绿色的帘子，消失在另一头。他是伊斯特罗德人。从伊斯特罗德来，可他恨它。卡什不会承认他的，卡什不会想要他的。他不会要一个穿着白猴那么白的外套，口袋里老放着个小笛哨的人。卡什的衣服看起来总像是被石头压过一阵子，它们闻起来就是黑鬼的味道。他想了想卡什是啥味道呢，可他只闻见火车的味道。伊斯特罗德没有峡谷地区的黑鬼了。在伊斯特罗德。他从那条路上转身走进去，在黑暗中，或者半明半暗中，他看见那座商店被木板封住了，谷仓却大开着，里面漆黑一团，那栋小一点的房子，有一半被运走了，门廊不见了，客厅里的地板也没有了。上次他从佐治亚军营休假回来，本应该去托金汉姆的姐姐家。但他不想去，他回到了伊斯特罗德，尽管他知道它如今什么样：两家人散落在镇上，住在这条街上的黑鬼们也搬去了孟菲斯、莫福里斯伯勒或者别处了。他回到那里，睡在厨房的地板上，屋顶一块木板掉下来砸在他头上，划伤了他的脸。他跳起来，摸了摸那块木板，火车颠簸了一下后停止了，接着又开动了。他仔细查看了房子，看他们有没有落下该带走的东西。

他妈妈总是睡在厨房里，把她的核桃木衣橱也放在那里，周围再找不出第二个这样的衣橱。她是杰克逊家族的人。衣橱是她花了三十美元买的，后来再也没给自己买过这样大的东西，而他们却把它扔下了。他估摸着可能他们的卡车放不下了。他打开衣橱所有的抽屉，最上面的抽屉里有两根包装绳，其他抽屉里什么都没有。居然没有人进来偷走这个衣橱，他觉得惊讶。他拿出包装绳，从地板下面将衣橱腿绑住，在每只抽屉里都留了一张纸条：本衣橱归黑泽·韦克斯所有。偷盗者必被追杀。

如果她知道衣橱有人守护，她会更容易安息吧。如果她晚上什么时候出来看一眼，就会看见的。他不知道她是否晚上来过——脸上带着那样的神情，不安地四处张望，走上那条小道，穿过四下敞开的谷仓，在被木板封起来的仓库下的阴影处停下来，不安地走动着，脸上正是他透过墓冢的缝隙看到的那种神情。他们合上她的棺柩的时候，他通过缝隙看见她的脸，看到阴影落到她脸上，将她的嘴角往下拉，似乎她对安息并不满意。似乎她要跳起来，推开棺柩盖，像个将要心满意足的精灵那样飞出来，但是他们合上了盖子。她可能要从那里飞出来，她可能要从那里跳出来——他看见她很可怕，像只巨大的蝙蝠，想要从合上的盖子里冲出来——从那里飞出来，可是盖子在落下，黑暗坠落在她头顶，在慢慢合上，合上；他从里面看见它在合上，越来越近，越来越往下，透过缝隙看见的窗子，透过窗子看到的光线、屋子和树，都被切断了。越来越快，越来越黑，往下合上。他睁开眼睛，看见它在合上，他从缝隙间跳起来，将身体从缝隙间挤出去，悬挂在那里，不停晃动，觉得眩晕，地毯在火车上昏暗的灯光中渐渐显现，不停晃动，让人眩晕。他悬挂在那儿，又湿又冷，看见乘务员在车厢的那头，黑暗中一个白色的身影，站在那里，看着他，一动不动。铁轨转了个弯，他晕晕乎乎地向后倒去，跌入火车疾驰的寂静中。

削皮器

黑泽尔·莫茨沿着市中心走着，和商铺的门面离得很近，却不往店里面瞧一眼。他的脖子向前倾着，似乎在使劲闻着什么老是被拉走的东西。他穿一套蓝色西装，西装在白天里是刺目的蓝，在晚上的灯光里，看起来有些偏紫。他戴一顶漆黑的、颇似牧师的毡帽。托金汉姆城的商店在星期四的晚上是不歇业的，很多人在购物。黑泽[1]的影子一会儿拖在身后，一会儿又跃到前方，有时还被其他人的影子打乱，影子在他身后被拉长，显得瘦长而紧张，不断向后退却。

过了一会儿，他在一家勒纳时装店的门口停下来，有个瘦脸男人在门口支起一张牌桌，正演示一个土豆削皮器的用法。这个男人头戴一顶小帆布帽，衬衫上有一群倒立的山鸡、鹌鹑和青铜火鸡的图案。他提高了嗓门，盖过街上的喧闹，好让别人能清晰听到自己的声音，如同私密交谈那样清晰。一些人围上来。牌桌上放了两个桶子，一个是空的，另一个装满了土豆。两个桶子之间，一些绿纸盒按照金字塔的形状排列，最上面放着一个打开的、用来演示的削皮器。这个男人站在这个圣坛前，面朝不同的人，指点着它。"怎么样？"他指着一个脸上有粉刺、头发湿湿的男孩子，说道，"你不会错失良机吧？"他把一个褐色的土豆放进打开的削皮器的一侧。这机器是一个带着红色把手的正方形锡盒，他转动把手，土豆就进到盒子里，转眼间又从另一侧出来，变成了白色。"你可不要错失良机哦！"他说。

男孩大笑起来，看看围拢的人群。他有一头顺滑的黄发和一张狐狸脸。

"你叫什么？"推销员问道。

"我叫伊诺克·埃默里。"男孩抽了抽鼻子说。

"这么好听的名字，也应该有一个这样的机器。"推销员说着，眼睛咕噜转，想鼓动其他人。除了那个男孩，没有人笑。站在黑泽尔·莫茨对面的一个男人笑起来。他是个高个儿男人，戴副浅绿色眼镜，身穿黑色西装，戴一顶像牧师一样的黑

1　黑泽尔的昵称。

色毡帽，还拄着一根白色拐杖。这笑声听着像是从一个捆紧的麻布袋里发出来的，很显然他是个盲人。他的手放在一个女孩子的肩膀上，她骨节很大，戴着一顶黑色针织帽，帽子低拉到前额上，几缕橙黄色头发从帽檐两侧伸出来。她的脸很长，鼻子短，鼻头尖。人们开始注意到这两个人，忽略了卖削皮器的男人。推销员有些恼怒。"你怎么样，就是你呀，"他说着，指向黑泽尔·莫茨，"你在其他店里都不可能得到这么划算的好价钱。"

"嘿！"伊诺克·埃默里说着，他的手越过中间的一个女人，捶到了黑泽的胳膊。"他和你说话呢！他是和你说话呢！"黑泽正看着那个盲人和那个女孩儿，伊诺克·埃默里只好又捶了他一拳。

"干吗不买一个给你媳妇？"卖削皮器的男人说着。

"我没媳妇。"黑泽嘀咕着，眼睛依然集中在盲人那里。

"好吧，你肯定有一个亲爱的老母亲吧？"

"没有。"

"哎哟，"推销员用手拢成喇叭，对着人群，"他需要一个这样的机器做伴哩。"

伊诺克·埃默里觉得太好笑了，笑得弯下腰，拍着膝盖，可黑泽尔·莫茨看起来似乎完全没听到。"谁第一个买下削皮器，我白送他半打削好的土豆，"推销员怂恿道，"谁第一个来？只要一块五啊，其他店都买三块！"伊诺克·埃默里开始摸口袋。"你得感谢老天让你今天在这儿停下来，"推销员说，"你永远不会忘的，这些买了这个机器的人都不会忘的。"

那个盲人突然直直朝前走来，推销员准备递给他一个绿纸盒，可他走过了牌桌，又九十度转身，走进了人群。他是在散发什么东西。接着黑泽看见那个女孩子也在四处走动，发放一本白色的册子。原本就没有多少人聚集在那里，现在这些人也开始散去了。推销员看到这个情况，他靠着牌桌，气得直瞪眼。"嘿！说你呢！"他朝着盲人大声嚷嚷，"你以为在干吗呢？把我这儿的人赶走了，你以为你是谁啊？"

那个盲人丝毫没搭理他，继续分发小册子。他发给伊诺克·埃默里一册，又朝黑泽走过来，脚斜着碰到了拐杖。

"你他妈以为自己在干吗呢？"卖削皮器的男人大嚷，"我把人聚过来，你以为可以钻空子啊？"

那盲人的脸红得很奇怪，像是微醺的样子。他猛然把这本册子推到黑泽的一侧，黑泽一把抓住。是篇宗教短文。小册子的封面上写着："耶稣召唤你。"

"我想知道你他妈以为自己是谁！"卖削皮器的男人大叫。那个女孩子又绕过牌桌，递给他一份传单。他撇了撇嘴，看了一眼，绕着牌桌冲了过去，撞到了那桶土豆。"这些该死的耶稣狂热分子。"他嚷道，瞪着眼四处张望，想找到那个盲人。更多的人围上来，想看一场热闹，而那个盲人已经消失在人群中了。"这些该死的共产耶稣外地佬！"卖削皮器的男人尖叫，"是我把人聚过来的！"他意识到面前已经有一群人，就停住了。

"听着，伙计们，"他说，"一个一个来，东西多着呢，别挤，第一个买的人送一打削了皮的土豆。"他静静地走回牌桌后面，举起削皮器的盒子。"过来吧，东西多着呢，"他说，"不用挤。"

黑泽尔·莫茨没有打开自己的传单。他看了一眼传单的封皮，就撕成两半。他将撕了的两半叠在一起又撕成两半。他重复将撕开的纸片叠在一起，撕了又撕，直到最后手里剩下一把纸屑。他翻过手掌，手里的纸屑洒落在地上。然后抬起头来，看到那个盲人的孩子就在三英尺开外的地方，看着他。她的嘴张着，两只眼睛盯着他，如同闪闪发光的两片绿玻璃。她穿件黑裙子，肩上挂着一个白色麻布袋。黑泽皱着眉，往裤子上擦了擦黏糊糊的双手。

"我可看到你干啥了。"她说。接着快速走到盲人站立的地方，就在牌桌边。多数人已经散去了。

卖削皮器的男人从牌桌上斜过身子对盲人说:"喂!我猜这下你明白了吧。让你钻空子。"可盲人只是站在那里,下巴微微向后,仿佛从他们头顶上看到了什么。

"瞧这,"伊诺克·埃默里说,"我只有一块一毛六,可我……"

"是啊,"推销员说着,似乎想让这盲人看见他,"我猜这回你看见了,你不可能硬插进一杠子的。卖了八个削皮器,卖了……"

"给我一个。"孩子指着那些削皮器说。

"嗯?"

她伸手进口袋,拿出一个长长的零钱包,打开来。"给我一个。"她说,拿出两个五十分的硬币。

这男人瞅了瞅硬币,嘴角往边上一撇。"一块五,妹妹。"他说。

她陡然将手抽回,气冲冲地看着黑泽尔·莫茨,似乎他干扰了她。那个盲人也散去了。她站了一会儿,红着脸瞪着黑泽,然后转身跟上那个盲人。黑泽突然一个激灵。

"听我说,"伊诺克·埃默里说,"我只有一块一毛六,可我想要一个……"

"钱你自己留着吧,"男人说着,一边把那只桶子从牌桌上拿下来,"这个不打折。"

黑泽尔·莫茨站在那,目光尾随着那个盲人,手在口袋里进进出出。他看起来仿佛既想往前走,又想往后走。突然间他把两块钱扔给买削皮器的男人,从牌桌上抓起一个盒子,沿街跑去。转眼间伊诺克·埃默里已经气喘吁吁地跑在他身边了。

"嘀,我猜你有好多钱吧。"伊诺克·埃默里说。黑泽转过街角,看见他们就在前面,大约隔着一个街区的距离。他放慢脚步,看见伊诺克·埃默里在一旁。伊诺克穿一套米白色西服,里面是一件粉白色衬衫,打一条豆绿色领带,笑容满面,看起来像一条友好的长了疥癣的猎犬。"你在这儿多长时间了?"他询问道。

"两天了。"黑泽嘀咕道。

"我来这儿两个月了,"伊诺克说,"我为这个城市工作。你在哪儿工作?"

"没工作。"黑泽说。

"那太糟糕了,"伊诺克说,"我为这个城市工作。"他跳了一步,和黑泽并排走着,接着说:"我十八岁了,来这儿才两个月,就为这个城市工作啦。"

"好啊。"黑泽说。他把靠近伊诺克·埃默里一侧的帽檐往下拉了拉,加快了脚步。

"我没听清你的名字。"伊诺克说。

黑泽说了自己的名字。

"你好像在跟随这些新教乡巴佬,"伊诺克评论说,"你老去教会吗?"

"没有。"

"我也是,不常去,"伊诺克附和道,"我在罗德米尔圣经男校待过四星期。把我从爸爸那里买走的那个女人将我送去的。她是福利院的女人。耶稣啊,四个星期,我以为我要被感化疯了。"

黑泽走到街区的尽头,伊诺克一直片刻不离,一边喘气一边说话。黑泽开始过马路的时候,伊诺克大叫起来:"你没看见红灯亮了?这是让你等啊!"一个警察吹了声哨子,一辆车按了喇叭后马上停下来。黑泽继续穿过马路,仍然盯着已经走到街区中部的盲人。警察继续吹哨子。他穿过马路,拦住了黑泽。警察有一张瘦削的脸,一双杏仁形状的黄眼珠。

"知道挂在上面的那个玩意儿是干吗的?"警察问道,指着十字路口的红绿灯。

"我没看见。"黑泽说。

警察看着他,没说话。几个行人停下来。他朝他们翻了翻眼睛。"也许你以为红灯是让白人过,绿灯是让有色人过。"

他说。

"是的，我是这么以为的，"黑泽说，"把你的手拿开。"

警察拿开手，放在自己的臀部。他朝后退了一步，说："关于这个红绿灯，你去告诉你所有的朋友。红灯停，绿灯行——不管男人女人，白人和黑鬼，都一样。你把这个告诉你所有的朋友，他们进城时，就知道了。"周围的人笑起来。

"我会照顾他，"伊诺克·埃默里说，挤到警察身边，"他来这儿才两天。我会照顾他。"

"你到这儿多久了？"警察问。

"我在这儿出生长大，"伊诺克说，"这是我的老家。我会替你照看他的。喂，等等！"他朝黑泽大喊，"等等我！"他挤出人群，追上他。"我觉得我刚才救了你。"他说。

"感激不尽。"黑泽说。

"不值一提，"伊诺克说，"我们要不要去沃尔格林药店买杯苏打水？时间还早，夜总会还没开门。"

"我可不喜欢药店，"黑泽说，"再见。"

"好吧，"伊诺克说，"我还是陪你再走一会儿吧。"他抬眼看看前面的那两个人，说："大晚上的，我可不想和这些乡巴佬混在一起，尤其是信耶稣的，我受够他们了。把我从我爸爸那儿买走的那个女人除了祈祷啥都不干。爸爸和我，我们跟着锯木厂到处搬来搬去。一年夏天,锯木厂搭建在布恩维尔,接着这个女人就来了。"他抓住黑泽的外套。"托金汉姆就有一点我不喜欢,街上人太多了。"他一副说悄悄话的语气,"他们看起来好像要把你撞倒才满意——好吧,她来了,我觉得她大概看上我了。我十二岁,从一个黑鬼那儿学了些赞美诗,唱得还不错。这么着她就来了,把我从我爸爸那儿买走,和她一起住在布恩维尔。她有栋砖房,可整天都是耶稣。"他说话的时候,一直抬头看着黑泽,观察他的脸。突然他撞到一个矮个儿男子,褪了色的连体工装服几乎把人全都罩住了。"你不看路吗?"他低吼道。

矮个儿男子立刻停下来,抬起胳膊做了个恶意的手势,脸上露出恶狗的神情。"你谁啊,说啥呢?"他咆哮着。

"瞧见了吧,"伊诺克说,跳着追上黑泽,"他们就想把你撞倒。我以前从来没到过这么不友好的地方。和那女人在一起时也没有过。我在她的房子里和她一起待了两个月,"他继续说,"来年秋天她就把我送去了罗德米尔圣经男校。我以为这下可以解脱了。这个女人很难相处——她年纪不算老,我猜大概四十岁吧——可她真丑啊。她戴副褐色眼镜,头发稀疏,就像火腿汁浇在头皮上。我以为去了那个学校多少会消停些。我有一次从她那儿跑了,她把我找回来,我发现她有我的法律文书，如果我不和她待在一起，她可以把我送去教养院。这样一来，我当然高兴去到圣经男校啦。你上过学没？"

黑泽似乎没听见这个问话，仍然盯着那个已经走到下一个街区的盲人。

"唉，根本没有消停，"伊诺克说，"耶稣啊，根本没消停。四个星期后我从那儿跑了，她又找到我，把我带回她的房子。我又给跑了呀。"他停了一会儿。"想知道我是怎么跑的吗？"

过了片刻，他说："我把那女人吓得够呛，就是这样。我琢磨来琢磨去。我甚至都祈祷了。我说：'耶稣啊，指引我吧，让我不用杀掉这个女人进监狱就能离开这儿。'如果祂不这么做，就让祂见鬼去。有天早晨天刚亮我光着屁股起来，去了她的房间，把她身上的被子一拉，她就犯了心脏病啦。我回到爸爸身边，我们再没见过她啦。"

"你的下巴刚刚动了一下，"他观察着黑泽的侧面，说道，"你居然也会笑啊。如果你不是个有钱人，我也不会吃惊。"

黑泽转到一条小街上。盲人和那个女孩儿在前一个街区的拐角处。

"好吧，我猜我们到底能追上他们的，"伊诺克说，"可那女孩很丑啊，不是吗？你看见她脚上穿的鞋了没？好像是男人的鞋。你在这儿熟人多吗？"

"不多。"黑泽说。

"你也不会认识谁的,这个地方很难结交朋友。我来这儿两个月了,谁都不认识,好像他们只想把你撞倒。我猜你有很多钱,"他说,"我没什么钱,如果有的话,我就知道该用它干嘛了。"盲人和女孩子在街角处停了下来,转朝街道的左边走去。"我们跟上去,"他说,"我敢说一不小心我们就会在唱诗会上遇到她和她爸爸。"

下一个街区有一栋带圆柱和圆屋顶的大房子。盲人和那个孩子朝它走过去。房子四周、街道的另一边、附近上上下下的几条街,全都停满了车。"这可不是放电影啊。"伊诺克说。盲人和那个女孩走上通向房子的阶梯。楼梯一直通过前廊,前廊两侧的底座上各有一尊石狮蹲坐。"这不是教堂呀。"伊诺克说。黑泽在楼梯上停住脚,看起来像是要刻意做出某种表情。他把帽子向前拉了拉,显得很凶狠,朝这两个人走过去,他们正坐在一只石狮旁的角落里。

他们走近了,盲人向前倾着身子,似乎在听脚步声,然后站起身,把手里的传单递出去。

"坐下,"女孩大声说,"是那两个男孩子,没别人。"

"只有我们,"伊诺克·埃默里说,"我和他跟了你们有一英里地呢。"

"我知道有人跟着我，"盲人说，"坐吧。"

"他们来这儿不为别的，只为取乐。"女孩说。她看起来似乎闻到了不祥的气息。盲人伸出手来摸他们。黑泽正好站在盲人摸不到的地方，眯着眼睛看着他，仿佛想透过绿色镜片看到那空洞的眼窝。

"不是我，是他，"伊诺克说，"打从卖土豆削皮器的那儿，他就一直跟着你们。我们还买了一个。"

"我就知道有人跟着我！"盲人说，"从一开始我就感觉到了。"

"我没有跟着你。"黑泽说。他摸摸手中的削皮器盒子，看着那个女孩。那顶黑色针织帽低到几乎遮住了她的双眼。她看起来约莫十三四岁的样子。"我可不是跟着你，"他尖酸地说，"我跟的是她。"他把削皮器盒子朝她一塞。

她向后一跳，一副要吃掉自己脸的样子。"我可不要这个东西，"她说，"我要这个东西干什么？拿走。它不是我的。我不要！"

"我替她收下，谢谢你。"盲人说。"放进你的袋子。"他对她说。

黑泽又把削皮器塞给她，仍旧看着盲人。

"我不会要的。"她嘀咕。

"照我说的收下它。"盲人简短地说。

过了一会儿她收下了它,胡乱塞进装了传单的袋子里。"它不是我的,"她说,"我根本不想要它。我得了它,但它不是我的。"

"她为此感谢你,"盲人说,"我知道有人在跟着我。"

"我可没跟着你,"黑泽说,"我跟着她是要告诉她,她在卖削皮器那块儿用眼神勾搭我,可不是我的错。"他没有看她,只看那盲人。

"你什么意思?"她大叫,"我可没用什么眼神勾搭你。我只是看着你撕碎了传单。他撕成了碎片,"她说,推了推盲人的肩膀,"他把传单撕得粉碎洒在地上,像撒盐一样,还在裤子上擦他的手。"

"他跟着我,"盲人说,"没人会跟着你。我能听到他声音里有对耶稣的渴望。"

"耶稣,"黑泽嘀咕道,"我的耶稣。"他在女孩的腿边坐下。他的头就在她的膝盖处,他把手放在她脚下的阶梯上。她穿着男人的鞋和一双黑色长棉袜。鞋带系得很紧,打着整齐的结。她粗鲁地移开身子,坐在盲人身后。

"听听他的诅咒吧,"她低声说,"他从来没跟着你。"

"听我说,"盲人说,"你无法逃离耶稣。耶稣的存在是个事实。如果你寻找的是耶稣，祂就会出现在你的声音里。"

"我在他的声音里什么都没听见，"伊诺克·埃默里说，"我在罗德米尔圣经男校读过书，是个女人送我去的，关于耶稣的事情我可是知道得不少。如果耶稣出现在他的声音里，我肯定能听见。"他站起来爬到了狮子背上，侧身盘腿坐在那里。

盲人再次伸出手，突然蒙上了黑泽的脸。有一忽儿黑泽一动不动，一声不响。接着他把盲人的手打掉了。"少来，"他声音微弱地说，"你对我一无所知。"

"你有个秘密的需求，"盲人说，"一旦见识过耶稣，哪怕就一次，最终是无法逃开祂的。"

"我从未见识过祂。"黑泽说。

"你并非一无所知，"盲人说，"这就够了。你知道祂的名，你就已经被标记了。如果耶稣标记了你，你就无能为力了。有这种知识的人无法再与无知交换。"他前倾着身子，可弄错了方向，因此他看起来似乎对着黑泽脚下的阶梯说话。黑泽坐着，身子向后靠着，黑毡帽歪着扣在他脸上。

"我爸爸长得就像耶稣，"伊诺克从石狮背后说道，"他的头发齐肩。唯一的区别是他下巴上有一条疤穿过。我从未见过我母亲。"

"你因为知识而被标记，"盲人说，"你知道什么是罪，只有认识罪的人才会犯罪。我知道我们走路的时候一直有人跟着我,"他说,"你不是在跟踪她。任何人都不会跟踪她。我能感觉到身边有人怀着对耶稣的渴望。"

"只有耶稣能解决你的痛苦。"这个女孩突然说道。她向前倾身,伸出一只胳膊,手指指着黑泽的肩膀,黑泽朝脚下的台阶吐了口痰,并不去看她。"听着,"她提高了音量,"这儿有一个男人和他女人杀了个婴儿,是她自己的孩子,但是长得丑,她从来没有爱过它。这个婴儿有耶稣,但这个女人一无所有,除了一副好模样,和一个一起生活在罪恶中的男人。她送走了孩子,它回来了,她又把它送走,它又回来,她再次把它送走,每次她把它送走,它每次都会回到她和这个男人居住的罪恶里。他们用丝袜勒死了它,把它吊在烟囱里。这之后她再也不得安宁。她看到的每样事物都是那个孩子。耶稣把它变美了,对她纠缠不休。只要她和那个男人躺在一起,她就看见那个孩子从烟囱里瞪着她,半夜里透过砖墙发着光。"她动了动脚,这样子脚指头刚好从紧包住双腿的裙子下面露出来。"她除了一副好模样,一无所有,"她的声音又响又快,"那可不够。不够,先生。"

"我的耶稣啊。"黑泽说。

"那可不够。"她重复了一遍。

"我听见他们在里面的脚步声,"盲人说,"赶紧把传单准备好,他们要出来啦。"

"我们要干什么?"伊诺克问道,"这栋楼里有啥?"

"要发布一个活动了。"盲人说。女孩子把传单从麻布袋里拿出来,递给他两捆用绳子绑好的。"你和伊诺克·埃默里去那边发,"他对女孩说,"我和这个男孩就待在这里。"

"他不能碰传单,"她说,"他只会撕碎它们。"

"照我说的做。"这盲人说。

她在那儿站了一会儿,皱着眉。接着她对伊诺克说:"你想来就来吧。"伊诺克跳下石狮,跟着她走到另一边。

盲人向前摸索。黑泽闪到一边,可盲人已经到了他身边的台阶上,他的手紧紧钳住黑泽的胳膊,身子往前靠,正好面对着黑泽的膝盖,快速地小声说:"你跟着我到这儿是因为你在罪里,但是你可以成为主的证明。忏悔吧!去到阶梯口,摒弃你的罪,把传单发给大家。"他把一沓传单塞到黑泽手里。

黑泽想把手抽开,可是反而把盲人拉得更近了。"听着,"他说,"我和你一样干净。"

"淫乱。"盲人说道。

"那只是一个词而已,"黑泽说,"如果我是在罪里,早在我犯罪之前就应该在了。我丝毫没变化。"他想把钳住他胳膊的手指掰开，盲人抓得更紧了。"我不信什么原罪，"他说，"把你的手拿开。"

"你相信，"盲人说，"你被标记了。"

"我才没被标记，"黑泽说，"我是自由的。"

"你被标记为自由，"盲人说，"耶稣爱你，你无法逃离祂的标记。去楼梯口……"

黑泽猛然挣脱开，跳了起来。"我会把传单带到那边，扔到树丛里，"他说，"你瞧着吧！好好瞧着吧。"

"我看到的比你多！"盲人大嚷着，"你有眼睛却看不见，有耳朵却听不见，可是耶稣会让你看见！"

"要是你能看见就好好看看！"黑泽说着开始跑上台阶。人们已经走出会堂大门，有些人已经下了一半的台阶。他的胳膊如同尖利的翅膀推搡过人群，当他到达楼梯口，又有人群涌出来，几乎把他推回原处。他又奋力穿过人群，有人喊着："给这个白痴让路！"人们给他让出一条路。他冲到楼梯口，推开人群走到一边，站在那里，瞪着双眼，气喘吁吁。

"我从没跟着他，"他大声说，"我才不会跟着那样一个瞎眼傻子。我的耶稣。"他背靠着大楼站着，拎着一沓捆着绳子的传单。一个胖男人在他身旁停下，点了一根雪茄，黑泽推了推他的肩膀。"往下看，"他说，"看见下面那个瞎子了吗，他正在发传单。耶稣。你应该看看他，他有个丑孩子，穿着女人的衣服，也在发传单。我的耶稣。"

"总是有狂热分子嘛。"胖男人说着，朝前走了。

"我的耶稣。"黑泽说。他靠近一个橘黄头发的老妇人，她的衣领上镶着红色的木珠。"您最好去那边，女士，"他说，"下面有一个傻子在发传单。"老妇人身后的人群推着她向前，她却用跳蚤般的亮眼睛看了他一会儿。他穿过人群向她走去，她却已经走远，他推开人群又回到刚才背墙站立的地方。"亲爱的耶稣基督被钉上了十字架。"他说，感到胸口有什么东西在涌动。人群快速移动，就像一个铺开的大线团，分开的支支毛线消失在一条条黑暗的街道里，最终什么都没留下。而他独自一人站在会堂的门廊上。台阶上、人行道上、大街上，到处都是散落的传单。盲人站在下面第一个台阶上，弯腰摸索着散落在身边的皱巴巴的传单。伊诺克·埃默里在另一边，站在石狮的头上，试着保持平衡，那个女孩正在捡起那些不算太皱、勉强能用的传单，把它们放回麻布袋里。

我不需要耶稣，黑泽说。我不需要耶稣。我有莉欧拉·瓦茨。

他跑下台阶，跑到盲人那里停下。他在那里站了一会儿，盲人已经顺着他的脚步声伸手向前摸索，他正好在盲人够不着的地方,接着他穿过马路。那个尖利的声音响起时,黑泽已经到了街对面。他转过身,看见那个盲人站在马路中间,大喊:"史莱克!史莱克!我叫阿萨·史莱克。需要时找我!"一辆车为了避免撞到他,朝边上一个急转弯。

黑泽埋头缩肩,走得很快。直到听见身后的脚步声才回过头来。

"既然我们已经摆脱他们了,"伊诺克·埃默里气喘吁吁地说,"不如去哪儿玩玩?"

"听着,"黑泽粗鲁地说,"我有自己的事。我受够你了。"他开始疾走。

伊诺克几乎小跑着跟上他。"我到这儿两个月了,"他说,"还一个人都不认识。这儿的人一点儿也不友好。我自己有一个房间,除了我,谁都没来过。我爸爸说我必须得来这儿。如果不是他,我才不会来这儿。你不是从斯托克维尔来的吧?"

"不是。"

"梅尔西?"

"不是。"

"锯木厂有一次搬到了那儿,"伊诺克说,"你看起来很眼熟啊。"

他们一直走,不再说话,一直又走到了主街上。街上几乎空无一人。"再见。"黑泽说完又加快了脚步。

"我也是走这条路。"伊诺克闷闷不乐地说。路左边有家电影院，门口的电子显示牌不停变换着影片信息。"要不是被那几个乡巴佬拖住，我们早就可以看场电影啦。"他低声嘀咕道。他迈开大步跟在黑泽身边，用含糊不清的语调抱怨着。他试着抓住黑泽的袖口，想让他慢下来，可黑泽甩掉了他。"是他让我来这儿的。"他的声音有些沙哑。黑泽看了看他，发现他在哭，他的脸皱成一团，湿乎乎的，哭成粉紫色。"我才十八岁，"他哭着说，"他强迫我来这儿，我谁都不认识，谁都不关心谁。他们不友好。他和一个女人跑了，让我来这儿，可她不会待多久，她凳子还没坐稳，他就会把她揍个半死。你是我两个月里见到的第一张熟面孔，我以前在哪儿见过你。我知道我以前在哪儿见过你。"

黑泽板着脸，直勾勾地看着前方，伊诺克仍然哭哭啼啼地嘀咕着。他们走过一家教堂，一家宾馆，一家古玩店，走到一条两边都是砖房的大街上，那些砖房在黑暗里看起来全一个样。

"要是你想要个女人，不用跟着长得像她那样的，"伊诺克说，"我听说这附近有个地方，全是两块钱的货色。要不我们去找个乐子？下星期我就能还你钱。"

"你瞧,"黑泽说,"我去我住的地方——再走两个门就到了。我有女人。我有女人,你明白吗?我不需要和你一起去。"

"下星期我就能还你,"伊诺克说,"我在城里的动物园工作。我看门,每周都付我薪水。"

"离我远点儿。"黑泽说。

"这儿的人都不友好。你不是这儿的人,可你也不友好。"

黑泽没理会他。他把脖子缩在肩膀里,像是很冷的样子,继续往前走。

"你也是谁都不认识,"伊诺克说,"你没有女人,也没事可做。我第一次见到你,就知道你谁都不认识也无事可做。我一见你就知道。"

"这就是我住的地方。"黑泽说道,他转身朝房子的小径上走去,没有回头看伊诺克一眼。

伊诺克停住脚。"是啊,"他哭着,"哦,是啊。"接着他用袖子擦擦鼻子,止住抽泣。"是啊,"他哭着说,"去你要去的地方吧,但是瞧瞧这儿。"他拍了一下口袋,抓住黑泽的袖子,冲着他摇动着削皮器的盒子。"她给了我这个。她把这个给了我,你没办法吧。她邀请我去看他们,却没请你,是你在跟着他们。"他的眼睛因泪水闪闪发亮,脸被一缕不怀好意的狞笑拉长了。

黑泽的嘴角动了动，却一言未发。他在那里站了一会儿，身影在阶梯中间显得很小，然后他抬起胳膊，把一直抱着的那沓传单猛地砸过去，刚好打中伊诺克的胸口，他的嘴张得大大的，低头看着被击中的胸口，转身沿着街匆匆跑下去了。黑泽走进屋子。

昨晚是他第一次和莉欧拉·瓦茨睡觉，也是他第一次和女人睡觉，不尽如人意。当他完事伏在她身上，觉得像一件东西被冲上了岸，第二天他才慢慢回忆起来她对他发了一通满是脏话的评论。他犹豫要不要再去找她。他不知道莉欧拉开门看见他会说些什么。

当她打开门看见他时哈哈笑了一声。她是个大骨架的金发女人，穿着绿色睡衣。"你想要什么？"她说。

他做出一副自以为无所不知的表情，可只有半边脸轻轻动了动，黑丝毡帽端端正正扣在他头上。莉欧拉让门开着，走回到床上。他戴着帽子走进去，帽子撞到了电灯泡上，他摘下了它。莉欧拉用手托腮，看着他。他开始在房间里四处走动，仔细看看这，看看那。他的喉咙越来越干，他的心脏抓紧了他，像只幼猿抓住笼子上的栅栏。他在她床沿坐下来，手里拿着帽子。

莉欧拉的眼睛半眯着，嘴张着，嘴唇变得如刀锋一样薄。

"这可是见耶稣的帽子！"她说。她坐了起来，从身下拉掉睡衣。她伸手去拿他的帽子，戴在自己头上，双手放在臀部，看着他。黑泽面无表情地看了一分钟，发出三声短促的笑声。他跳起来去拉灯绳，在黑暗中脱了衣服。

在他小的时候，他父亲带着他和妹妹茹比去参加梅尔西的狂欢节。有一处比较偏的帐篷比别处收费要高。一个干巴巴的男人用喇叭般大的声音在招揽生意。里面到底有啥，他却一字不提。他只说这是如同犯罪一般的感受，任何想看一眼的男人都要花三角五分，它又如此私密，每次只让十五个人进入。他父亲送他和茹比去了一个有两只猴子跳舞的帐篷，然后就朝那个帐篷走去，沿着帐篷面无表情地移动，就像他平日里走路那样。黑泽离开猴子，跟着父亲，可他没有三角五分。他问拉客的人里面都有什么。

"一边儿去，"这个男人说，"里面没有歌舞，也没有猴子。"

"这些我已经看过啦。"他说。

"好啦，"男人说，"走开。"

"我有十五分，"他说，"就让我进去，我可以看一半呀。"他想着，这个可能和厕所有关。一些男人在厕所里。然后他又想，可能是一个男人和女人在厕所里。她不会想让我在那里。

"我有十五分。"他说。

"已经过了一半了,"这个男人说,用他的草帽扇风,"你走吧。"

"那就值十五分啦。"黑泽说。

"滚开。"这个男人说。

"是黑鬼吗?"黑泽问,"他们是在对黑鬼做什么事?"

这男人从售票台探出身,干瘪的脸朝他怒目而视。"你怎么会有这个念头?"他说。

"我不知道。"黑泽说。

"你多大了?"这男人问。

"十二。"黑泽说。他只有十岁。

"给我那十五分,"这男人说,"进去吧。"

他顺手把钱放在售票台上,在节目还没结束之前,急忙走了进去。他穿过帐篷的门帘,里面又有一个帐篷,他再穿过去。他的脸一直到后脑勺都是热乎乎的。他只能看见男人们的后背。他爬上一条板凳,从他们的脑袋上看过去。他们朝着下面某个凹下去的地方看着,一个白色的东西躺在那里,躺在一个有黑色衬布的盒子里,正在微微扭动。有一会儿他以为是个被剥了皮的动物,接着他看清了,是个女人。她是个胖女人,脸和普通女人一样,除了嘴角有颗笑起来时会动的痣,她的侧身也有一颗痣，也在动。黑泽的脑袋沉甸甸的，他无法把视线从女人那里挪开。

"要是棺材里都有这么一个，"他的父亲坐在靠前的位置说，"巴不得早死才好呢。"

他不用看就认出了这个声音。他从板凳上跌下来，匆忙跑出了帐篷。他不想经过那个招揽生意的人，就从外面那个帐篷的一侧爬了出去。他上了一辆卡车的后车厢，坐在最后面的角落里。外面的狂欢节正发出一阵喧闹。

回家时，他母亲正站在院子里的洗手池边，看着他。她总是穿着黑衣裳，裙子也比其他女人的要长。她笔直站在那里，看着他。他溜到一棵树后，想逃离她的视线，可是几分钟后，他能感觉到她的目光穿过树在观察他。他又看见那片凹下去的地方和那口棺材，一个瘦女人躺在棺材里，她身条太长了，棺材都容不下。她的头露在一端，膝盖也抬起来，以便能容得下。她的脸呈十字架形，头发梳得贴紧头皮，男人们向下看时，她扭动身子，想要遮住自己。他紧贴着树，喉咙处发干。她离开洗手池，手拿一根棍子朝他走来。她说："你看见什么了？"

"你看见什么了？"她说。

"你看见什么了？"她一直用同一个声调问。她用棍子抽打他的双腿，可他就像是树的一部分。"耶稣为了救赎你而死。"她说。

"我又没让祂这么做。"他嘀咕道。

她没再打他，只是站在那里看着他，双唇紧闭，他忘记了那个帐篷里的罪恶，因为很多无以名状的罪恶就深藏在他体内。过了片刻，她扔掉棍子，走回到洗手池边，紧闭双唇。

第二天他偷偷把鞋拿到林子里，那是他在布道会和冬季才会穿的鞋。他将它们从盒子里拿出来，在鞋里装满了石头和小石子，然后穿上鞋子。他系紧鞋带，穿着它走过那片有一英里长的林子，一直走到一条小溪边，然后他坐下来脱下鞋子，把脚放进湿沙里。他想，这下该让祂满意了吧。什么也没发生。要是一块石头掉下来，他是会把这个看作一个信号的。过了一会儿，他把脚从沙子里抽出来，晾干，重新穿上鞋子，石子仍然在鞋里，他又走了半英里路才把鞋脱下来。

公园之心

伊诺克·埃默里醒来时就知道，今天那个人要来了，伊诺克要给他看样东西的那个人。他的血这样告诉他。他跟他爹一样，身上流着慧血。

那天下午两点，他迎来了换班的门卫。"你不过迟到了十五分钟，"他愠怒地说，"可我没走。我可以走的，而我留下来了。"他穿一件绿色制服，领口和袖口处都压了黄色的绲边，两条裤腿外侧各有一道黄色条纹。换班的门卫，穿着同样的制服，有一副凸起的页岩纹理的面孔，嘴里衔着一根牙签。他们站立在大门边，这扇大门是铁栅栏门，钢筋水泥制的拱梁特意设计成了两棵树的样子；拱梁顶端由两根弯曲的"树枝"构成，上面写着几个歪歪扭扭的字母：城市森林公园。换班的门卫靠在其中一边的树干上，用牙签剔着牙。

"每天,"伊诺克抱怨说,"看来每天我都得花上足足十五分钟站在这里等你。"

每天下班后他都会去公园,在公园里做的都是同样的事。他首先去的是游泳池。他怕水,可如果池子里有女人,他就会坐在游泳池的岸边看着她们。有个女人每周一都会来,她穿的泳衣在屁股两边都有裂缝。刚开始他以为她不知道这回事,所以他没有公然坐在岸边观看,而是爬到灌木丛后面,暗自偷笑着,从那儿观看。游泳池里那会儿也没有其他人,人们通常要到四点钟才会来,所以没人告诉她那些裂缝,她在水里拨了一阵水花,又在池边睡了几乎一个小时,始终没有觉察到有人在灌木丛里看着她暴露在泳衣外的身体。后来有一天,他去晚了,看到有三个女人的泳衣都是在那里有裂缝的,泳池里都是人,也没有人特别注意这些。这座城市就是如此——老让他觉得吃惊。每次只要他有几块闲钱,他就会去召妓,而他总是会震惊于公开的放荡。他钻进灌木丛是出于礼貌。这些女人经常会拽下泳衣的肩带,舒展着身体躺下。

这所公园是城市的心脏。他来到这座城市——他的血很清楚——他已经在这座城市的心脏占据了一席之地。每天他都看着这座城市的心脏,每天,他如此地被它震惊,如此地充满敬畏,如此地被它征服,以致只要想一想它,他就浑身冒汗。在这所公园的中心，他发现了一样东西。它是一个谜，尽管它就在那里，在一个玻璃盒里供人观赏，上面还贴着一张打字机打出来的卡片，说明了它的来龙去脉。然而有一件事是卡片无法说出来的，就是这张卡片无法说出来的事情在他身体内，一个可怕的认知，无以言表；一个可怕的认知，如同一根粗大的神经在他体内生长。他无法把这个谜展示给随便什么人看；但他一定要给某个人看。那个人是个特别的人。这个人不能来自这座城市，可他也不知道为什么。伊诺克知道，自己只要见到他时就会知道是他，他知道自己必须很快见到他，否则体内的这根神经会长得很大，大到他必须去抢银行，或者扑到一个女人身上，或者驾驶偷来的汽车冲向房子的一侧。整个上午他的血都在说那个人今天要来了。

他离开了换班的门卫，从一条隐秘的小径走近泳池，这条小径从女更衣室的后面通向一小片空地，从那里望过去整个泳池一览无遗。泳池里没有人——池水是静止的深绿色——然而他看见了那个女人带着两个小男孩，从另一边走了过来，朝着公共浴室走去。她每隔一天左右就会来，带着那两个孩子。她会和他们一起下水，在池里游一会儿泳，然后躺在泳池旁边晒太阳。她穿件有污渍的白色泳衣，像套在一只口袋里，伊诺克很愉悦地观看她都有好几次了。他从那片空地沿坡爬到了六道木灌木丛。灌木丛下面有一条很好的坑道,他爬到里面,到了稍微宽敞的一处,那是他常坐的地方。他坐好了,调整了一下六道木的枝条,好让自己能舒服地透过它看到泳池。灌木丛中他的脸总是通红。要是有人刚好在那个地方拨开六道木的树枝,准以为看见了魔鬼,会吓得从坡上滚下去,掉进池里。那个女人和两个小男孩走进了浴室。

伊诺克从不会马上就进入公园那幽暗而隐秘的中心。那可是下午的顶峰。他做的好些其他事情都是为了这个做铺垫,它们逐渐成了一种仪式,一种必须之物。他离开灌木丛后,一般会去"霜瓶",那是一个卖热狗的摊位,摊位被做成一个橙汁瓶的形状,顶部一圈漆成蓝色的霜。他会要上一杯加了麦乳的巧克力奶昔,再和那里的女售货员调调情,他认为这个女的在暗恋他。这之后他会去看看动物。它们被关在一排长长的铁笼子里,好像电影里的阿尔卡崔斯监狱。这些铁笼子冬天有电暖器,夏天有空调,还有六个男人受雇来伺候这些动物,喂它们T字牛排。动物们整天躺着,无所事事。伊诺克每天都去看它们,心里充满了敬畏和仇恨。之后他就会去那里。

那两个小男孩从浴室里跑出来,扎进水里。这时从水池另一边的车道上传来一阵刺耳的噪声。伊诺克的脑袋从灌木丛中猛地探出来。他看见一辆高高的鼠灰色汽车经过,马达的声音听起来像是要把后车厢拖出来。汽车开过去,他听见车在转弯道时嘎嘎作响,又开走了。他仔细听着,努力辨别它会不会停下来。噪声在减弱,又慢慢加强。车又驶过。伊诺克这次看见车里只有一个人,一个男人。汽车的声音渐渐消失,接着又变响了。这辆车第三次开了过来,几乎在伊诺克正对面的另一边水池停了下来。车里的男人往窗外看去,目光沿着草坡移到了两个男孩子戏水大叫的水边。伊诺克使劲把脑袋伸出灌木丛,眯起眼睛看着。男人旁边的车门用一根绳子系着。他从另一边车门下来,走到车前,沿着草坡走下泳池。到了中途他停了一会儿,似乎在找什么人,然后他直挺挺地在草地上坐下来。他穿的套装看起来似乎发出炫目的光。他曲起双膝坐着。"好吧,我假装是只狗,"伊诺克说,"好吧,我假装是只狗。"

他迅速爬出灌木丛,心脏跳得飞快,好像集市上那个家伙疯狂绕着井壁驾驶的摩托。他甚至记得那个男人的名字——黑泽尔·维弗先生。眨眼间的工夫,他四肢着地出现在六道木的尽头,望向水池对面。那个蓝色身影仍然以相同姿势坐着。他仿佛被一只看不见的手拉住了,好像只要那只手一抬,那个身影就会面不改色地一步越过水池。

那个女人从浴室里走出来,径直朝跳水板走去。她展开双臂,准备跳水,跳板发出沉重的啪啪声。接着她突然向后一翻，消失在水下。黑泽尔·维弗先生慢悠悠转过头，目光追随她落进池水。

伊诺克站起身，走下浴室后面的那条小道。他悄悄从另一头走出去，朝着黑泽走去。他在坡顶停下来，在人行道边的草地上轻轻走动，不发出声响。他走到黑泽的正后方，在人行道边缘坐下来。要是他的手臂有十英尺长，他就能把双手放在黑泽的肩上了。他安静地观察着他。

那个女人正爬出泳池，在侧边一个引体向上爬了上来。她的脸首先露出来，一张长脸，面如死灰，一口尖利的龅牙，绷带一般的泳帽几乎遮到眼睛。她用手撑住身子，一只大脚和腿从身后抬起，接着是另一侧的脚和腿，整个人就上来了，蹲在那里喘气。她松垮垮地站起来，抖了抖，水从身上滴落下来，她在水里跺了跺脚。她面对着他们，笑了笑。伊诺克能看见黑泽尔·维弗的侧面正在看着那个女人。他没有回以微笑，只是继续看着那个女人轻快地走到有太阳的地方，几乎就在他们坐着的正下方。伊诺克要稍稍挪动一下身子才能看见。

那个女人坐在能晒到太阳的地方，脱下泳帽。她的头发又短又乱，五颜六色，从深铁锈色到灰蒙蒙的柠檬黄。她摇了摇脑袋，抬起头又看了看黑泽尔·维弗，露出龅牙笑了笑。她在晒太阳的地方伸展开身子，抬起双膝，背脊贴在水泥地上。在水池另一头的两个小男孩，把对方的脑袋往泳池边上撞。她紧贴着水泥地面躺好，接着又起身将泳衣的肩带拉下去。

"耶稣王啊！"伊诺克嘀咕道，还没等他的视线从女人身上挪开，黑泽尔·维弗已经跳起身来，快要冲到车旁边了。那个女人坐直了，泳衣半掉在胸前，伊诺克同时看着两边。他抑制着不去看那个女人，朝着黑泽尔·维弗追过去。

"等等我！"他大喊着，在车前挥舞着胳膊，那辆车引擎已经发动，准备开走。黑泽尔·维弗关掉引擎。挡风玻璃背后的脸气鼓鼓的像只青蛙；看起来像是一声喊叫被闷在嘴里，又好像黑帮片里那些密室的门，门后有人被绑在椅子上，嘴里塞着毛巾。

"好啊，"伊诺克说，"我敢说这不是黑泽尔·维弗才怪。你好吗，黑泽尔？"

"门卫说我能在泳池这儿找到你，"黑泽尔·维弗说，"他说你躲在灌木丛后面看游泳。"

伊诺克的脸红了。"我一向羡慕游泳啊。"他说。他把头伸进车窗。"你找我吗？"他大声问。

"那些人，"黑泽说，"那些叫什么莫茨的人——她告诉你他们住哪儿了吗？"

伊诺克仿佛没有听见。"你特地到这儿来找我吗？"他问。

"阿萨和萨巴斯·莫茨——她给了你那个削皮器。她有没有告诉你他们住哪儿?"

伊诺克把头从车里缩回来。他打开车门爬到黑泽的身边。有一会儿他只是看着他,舔了舔嘴唇。接着他低声说:"我有个东西给你看看。"

"我在找这些人,"黑泽说,"我得见到那个男人。她有没有说他们住哪儿?"

"我一定得给你看看这个东西,"伊诺克说,"我一定得给你看看,就在这儿,就是今天下午。"他抓住黑泽尔·维弗的胳膊,黑泽尔·维弗甩掉他的手。

"她说了他们住哪儿了吗?"他又问了一遍。

伊诺克不断地舔他的嘴唇。他的唇色苍白,上面长了一个紫色的热疮。"当然啦,"他说,"她不是邀请过我带上竖琴去看她吗?我一定得让你看看这个东西,"他说,"然后我再告诉你。"

"什么东西?"黑泽嘀咕道。

"就是我要给你看的这个东西,"伊诺克说,"一直往前开,我会告诉你在哪儿停。"

"你的啥东西我都不想看,"黑泽尔·维弗说,"我要那个地址。"

"除非你跟着去，不然我想不起来。"伊诺克说。他没有看黑泽尔·维弗。他朝车窗外看去，过了一会儿，车子发动了。伊诺克的血跳动得很快。他知道在去那个地方之前，他必须去"霜瓶"和动物园，而且他预见和黑泽尔·维弗之间会有一场可怕的冲突。他必须让他去到那儿，即便他要用一块石头砸他的头，一路把他背过去，也非要如此不可。

伊诺克的头脑分成了两半，和血液沟通的一半负责思考，却什么也不说，另一半则塞满了各种各样的词语和句子。一半正思索着如何把黑泽尔·维弗弄去"霜瓶"和动物园，另一半则询问："你从哪儿弄来这么一辆好车？你应该在车外面漆上个标记，比如'上来吧，宝贝'——我就见过一辆那样的，后来又见过另一……"

黑泽尔·维弗的脸好像是从岩石上刻出来的。

"我爸爸有一次中彩票得了一辆黄色福特，"伊诺克低声说，"顶篷能卷起，两根天线，还有一只松鼠般的车尾。他后来把它给卖了。停车！停车！"他大叫——他们正经过"霜瓶"。

"在哪儿呢？"他俩一走进"霜瓶"，黑泽尔·维弗就问。他们在一间阴暗的屋子里，后面横放着一张吧台，几张颜色像毒菌一样的褐色圆凳放在吧台前，朝着门的那面墙上有个很大的冰淇淋广告，广告上有一头打扮成家庭主妇模样的奶牛。

"不在这儿，"伊诺克说，"我们得在这儿停下，先吃些东西。你要来点儿什么？"

"什么都不要。"黑泽低声说。他僵直地站在房间中央，两手放在口袋里，脖子缩进衣领里。

"好吧，坐下，"伊诺克说，"我得喝点儿什么。"

吧台后面有什么东西动了一下，一个剪了男式短发的女人从一张椅子里站起身走过来，这之前她一直坐在椅子里看报纸。她闷闷不乐地看着伊诺克，身上原本白色的工作服已经沾满褐色污渍。"你要什么？"她凑近他的耳朵大声说，好像他是个聋子。她有张男人脸，肌肉发达的胳膊。

"我要份加麦乳的巧克力奶昔，宝贝儿姑娘，"伊诺克柔声说，"里面多放些冰淇淋。"

她怒气冲冲地转身，瞪着黑泽。

"他说他什么都不要，只想坐在这儿看着你，"伊诺克说，"他不饿，只是想看看你。"

黑泽木然地看着这个女人，她转身背对着他，开始做奶昔。他在最边上那只圆凳上坐下，把骨节捏得啪啪响。

伊诺克仔细地观察着他。"我想你有些变样了。"过了几分钟他低声说。

黑泽扭了扭脖子,走向前说:"给我那些人的地址。现在就给我。"

伊诺克恍然大悟。是警察。他的脸上突然充满了知晓某种秘密的表情。"我觉得你没有以前那样傲慢了,"他说,"我猜你也许没有以前那么有资本了。"偷了那辆车,他心想。

黑泽尔·维弗又坐下来。他面无表情,可是他愠怒湿润的眼睛里,有什么东西在闪动。他从伊诺克身边转过身。

"刚才在水池边你干吗那么快就跳起来?"伊诺克问。这个女人手里拿着麦乳奶昔,转身朝向他。"当然了,"他不怀好意地说,"我也不想卡车里有那样的丑东西。"

这个女人将麦乳奶昔砰的一声放在他面前的吧台上。"一角五分。"她吼道。

"你可比它值钱,宝贝儿。"伊诺克说。他窃笑着,用吸管往奶昔里吐着气泡。

这个女人大步走到黑泽那里。"你跟那个婊子养的到这里来干吗?"她嚷道,"一个这么安静的好男孩和一个婊子养的一起来这里。结伴要慎重啊。"她叫莫德,整天喝威士忌,酒就装在吧台下一个水果坛子里。"耶稣啊。"她说道,用手擦了擦鼻子。她在黑泽前面的一把直背椅上坐下,双手抱在胸前。"每天,"她看着伊诺克,对黑泽说,"每天这个狗娘养的都要来这儿。"

伊诺克在想着那些动物。他们待会儿还要去看那些动物。他恨它们，光是想想它们，就让他的脸变成了深深的巧克力色，好像麦乳奶昔正往头上涌。

"你是个好男孩，"她说，"我看得出来你品行端正，洁身自好吧，别和那个婊子养的混在一起。我一眼就能认出一个品行端正的男孩。"她对着伊诺克大喊，可是伊诺克却看着黑泽尔。黑泽尔·维弗的身体深处似乎什么东西上紧了发条，虽然他表面一动不动，连手也没动一下。他看起来像是被压在那套蓝色西装里，体内的那个发条越来越紧。伊诺克的血告诉他要赶快了。他用吸管大口吸着奶昔。

"是的，先生，"她说，"再没什么比一个干净的男孩更甜美的了。上帝为我作证。我一眼就能认出一个干净的男孩，也能一眼认出一个婊子养的，这中间区别大着呢。那个咂着吸管的流脓的杂种就是一个该死的婊子养的，你这样一个端正的男孩结伴可要慎重啊。我一眼就能认出一个干净的男孩。"

伊诺克吸到杯底，发出刺耳的声音。他从口袋里掏出一角五分放在吧台上，站起身。黑泽尔·维弗已经起身了，他靠在吧台上，对着这个女人。她没有马上看他，她在看着伊诺克。黑泽的双手撑在吧台上，把脸凑到离那个女人的脸只有一英尺远。她转过身，瞪着他。

"快点，"伊诺克开口说，"我们没时间和她拌嘴。我得马上给你看这个，我要……"

"我不干净。"黑泽说。

他又说了一遍，伊诺克才听清。

"我不干净。"他又说了一遍，面无表情，声音非常平淡，他看着那个女人，就像看着一块木头。

她盯着他，吃了一惊，接着勃然大怒。"你以为我会在乎！"她尖嚷，"我他妈会在乎你是谁？"

"快点，"伊诺克哀叫道，"走吧，不然我不告诉你那些人住哪儿。"他抓住黑泽的胳膊，把他从吧台拉开，朝门口走去。

"你这杂种！"这个女人尖嚷，"你以为我会在乎你们这样的臭小子？"

黑泽尔·维弗很快把门推开走了出去。他回到车上，伊诺克跳进车里，坐在他旁边。"好了，"伊诺克说，"沿着这条路一直开下去。"

"你告诉我有什么用？"黑泽说，"我不要待在这里。我要走了。我一刻也待不下去。"

伊诺克打了个寒战，开始舔嘴唇。"我要把它给你看看，"

他声音沙哑，"除了你，我谁都不给看。我看见你开车经过水池的时候，就有个信号告诉我是你。整个上午我都知道有人会来，我在泳池边看见你，就有了这个信号。"

"我可不在乎你的什么信号。"黑泽说。

"我每天都去看它，"伊诺克说，"我每天都去，可我没法带上任何其他人和我去。我必须等这个信号。只要你一见到它，我就告诉你那些人的地址。你必须去看，"他说，"你一看到，就会有事情发生。"

"什么事都不会发生。"黑泽说。

他再次发动汽车，伊诺克坐在座位上，往前倾着身子。"那些动物，"他嘀咕道，"我们要先路过它们。要不了多长时间。一分钟都用不了。"他看见动物们都在等着他，目露凶光，准备好随时要把他扔出去的样子。他想，万一此时警察就在这儿大叫，警笛大作，警车开道，就在他要给黑泽尔·维弗看那样东西之前，黑泽被抓。那可如何是好？

"我要见到那些人。"黑泽说。

"停下！停下！"伊诺克大叫。

左边有一长溜闪光的不锈钢笼子，栅栏后面，黑色的身影有的坐着，有的踱步。"下车，"伊诺克说，"用不了一秒钟。"

黑泽下了车。随后又停下来。"我要见到那些人。"他说。

"好吧好吧,快点儿啊。"伊诺克恳求道。

"我不信你知道地址。"

"我有!我知道!"伊诺克叫道,"是以'二'开头的,来吧!"他拽着黑泽朝笼子走去。第一个笼子里有两只黑熊。它们面对面坐着,好像两个坐着喝茶的中年妇人,带着礼貌而自我陶醉的神情。"它们整天什么都不干,就坐在那儿,浑身臭烘烘的,"伊诺克说,"有个男人每天早上过来用水管冲洗这些笼子,可是照样臭,就像没洗过一样。"这儿的每只动物对他都有一种私下的傲慢的憎恨,就好像上流社会的人对待野心家一样。他又经过了两个关着熊的笼子,看也没看它们。然后他在下一个笼子前停下来,里面关着两只黄眼睛的狼,正在混凝土的边沿东嗅嗅西嗅嗅。"鬣狗,"他说,"我可不喜欢鬣狗。"他凑近了些,朝笼子里吐了口唾沫,吐到一只狼的腿上。它窜到另一边,不怀好意地斜睨着他。有一会儿他完全忘了黑泽尔·维弗的存在,接着他很快朝后看了一眼,确定他还在那里。他就在他身后。他没有看动物。在想那些警察呢,伊诺克心想。他说:"来吧,下一个笼子里的那些猴子我们就不用看了。"通常他在每一个笼子前都会停留一会儿,大声对自己说句下流话,可今天这些动物只是他的例行程序。他匆忙走过猴子笼,两三次回头确认黑泽尔·维弗还在身后。在最后一只猴子笼前,他情不自禁地停住了。

"瞧瞧那只猿猴。"他瞪着眼睛说。这只动物背对着他,除了屁股那儿一块小小的粉红,其余部分都是灰色。"如果我有个那样的屁股,"他正儿八经地说,"我就会坐在上面。我才不会暴露给这些到公园里来的人。来吧,接下来的这些鸟儿我们就不用看了。"他跑过关着鸟的笼子,来到动物园的尽头。"现在我们不需要车了。"他说,一边朝前走,"我们要穿过那片林子直接下山。"他停下来,看见黑泽尔·维弗没有跟在他后面,而是停在最后一只鸟笼前面看着。"哦,耶稣啊。"他呻吟道。他站在那里,狂舞着双手叫道:"快来!"黑泽却没有动,只是看着笼子。

伊诺克跑回到他身边,抓住他的胳膊,可黑泽心不在焉地推开他,仍然看着笼子。笼子是空的。伊诺克瞪着。"它是空的!"他大嚷着,"你盯着一个空空的破笼子看干吗?快点。"他站在那里,冒着汗,脸色发紫。"它是空的!"他叫道;接着他发现其实不是空的,在笼子角落的地上,有一只眼睛。这只眼睛在一个看起来像是拖把的东西中间,这个拖把放在一块旧抹布上。他凑近笼子,眯起眼仔细看,才发现这拖把原来是一头睁着一只眼的猫头鹰。它正直直地看着黑泽尔·维弗。"就是一只会叫的老猫头鹰而已,"他抱怨着,"你以前都看过啦。"

"我不干净。"黑泽对着这只眼睛说，就像他在"霜瓶"对着那个女人说话的语气一样。这只眼睛轻轻地闭上，猫头鹰转头冲着墙壁。

他一定是杀了人，伊诺克心想。"哦，亲爱的耶稣啊，快点吧！"他哀号道，"我马上就要给你看。"他拽他过去，只走了几步黑泽又停下来，看着不远处的什么东西。伊诺克的视力很弱。他眯起眼睛仔细看，辨认出他们身后那条路的远处有个身影，影子两旁各有一个跳动的小身影。

黑泽尔·维弗突然转身对着他说："这个东西在哪儿？我们现在就去看。走吧。"

"我这不正要带你去吗。"伊诺克嘀咕道。他觉得身上的汗已经慢慢干了，皮肤如同针扎一般刺痒，甚至头皮也是如此。"我们得走路去。"他说。

"为什么？"黑泽嘀咕道。

"我不知道。"伊诺克说。他知道自己要发生什么事。他知道自己身上要发生什么事。他的血停止跳动。之前它一直像打鼓似地跳动，这会儿却停止了。他们开始往山下走。山坡很陡，四周全是树，从地面起往上的四英尺高的树干都被漆成白色，看起来就像穿着短袜。他抓住黑泽尔·维弗的胳膊。"越往下走越潮湿。"他说着，往四下里茫然看了看。黑泽尔·维弗甩开他的手。过了片刻，他又去抓黑泽的胳膊，拦住他。他手指朝下穿过树丛。"Muvseevum。"[1]他说。这个古怪的词让他战栗。这是他第一次大声说出这个词。他手指指向的地方是一处灰色楼房。随着他们一路往下走，楼房也越来越大，他们走到树林的边缘，从砾石车道走出来的时候，这楼房似乎突然缩小了。它是座圆形的煤烟色的建筑。前廊有好些柱子，每根柱子之间都有个头顶瓦罐的无眼女人。柱子上面有一条混凝土带子，上面刻着"MVSEVM"几个字母。伊诺克不敢再把这个词读一遍。

"我们要上台阶，穿过大门。"他低声说。到前廊有十级台阶，黑色的大门很宽敞。伊诺克小心翼翼地推开它，把头伸进门缝。一会儿他缩回头，说："好吧，咱们进去，轻点走。我不想惊醒那个老门卫。他对我不大友好。"他们走进一个黑暗的大厅。大厅里有很重的油毡和木焦油的气味，这两种气味间还有另外一种味道若有若无。第三种气味不是那么突出，不像伊诺克之前熟悉的任何一种气味。大厅里只有两只大缸，还有一个老头儿睡在靠墙的一只直背椅子上。他身上的制服和伊诺克穿的一样，看起来好像一只干瘪的蜘蛛粘在那里。伊诺克看

---

[1] 此处可能是"博物馆"。

了看黑泽尔·维弗,想看他是否也在闻那个隐秘的气味。他看起来好像是如此。伊诺克的血又开始跳动,这次跳动的声音更近了,如同鼓声走近了四分之一英里。他抓住黑泽的胳膊,蹑手蹑脚穿过大厅,到了尽头的另一扇黑色的大门。他轻轻推开门,把头伸进门缝。不一会儿他缩回头,勾勾手指,示意黑泽跟着他。他们走到另一间大厅,和前一个很像,但是需要斜穿过去。"它就在第一扇门后面。"伊诺克小声说。他们进到一间摆满了玻璃瓶的黑屋子。四面墙都是玻璃瓶,中间的地上放着三个看起来像棺材的玻璃柜。墙上的玻璃瓶里装的都是鸟儿,支棱在涂了漆的枝桠上,往下望着,带着一副脱了水的有趣模样。

"快来。"伊诺克低声说。他血里的击鼓声越来越近。他经过中间那两个玻璃柜,朝第三个走去,走到玻璃柜的尽头他停了下来,低头看着,脖子前伸,双手紧握在一起。黑泽尔·维弗往前走到他身边。

他俩站在那里,伊诺克身体僵直,黑泽尔·维弗微微往前倾身。玻璃柜里有三只碗,一排钝兵器,还有一个男人。伊诺克正看着这个男人。他约莫三英尺长,身体赤裸,肤色干枯发黄,双眼紧闭,仿佛一块巨大的钢块就要落在他头上。

"看到那个说明了?"伊诺克的声音听来如同教堂里的低

声细语，他指着男人脚下那张打字机打出的卡片，"上面说他曾经和我们一样高。一些阿拉伯人在六个月里对他做了这事。"他小心翼翼地扭头看着黑泽尔·维弗。

他只能看见黑泽尔·维弗的两眼盯着这个缩短的男人。他弯着腰，面孔从玻璃柜上映照出来。他的倒影脸色苍白，双眼仿佛是两颗清晰的枪洞。伊诺克等待着，身体僵直。他听到大厅里传来的脚步声。哦，耶稣，耶稣啊，他祈祷，让他快点吧，赶紧做完他要做的事！脚步声进了门。他看见那个女人和那两个小男孩。她一手牵着一个，满面笑容。黑泽尔·维弗的眼睛一直盯着那个缩短了的男人，没抬眼。这个女人朝他们走过来。她在玻璃柜的另一边停下来，朝下看着，她的脸也从玻璃柜上映照出来，笑嘻嘻的，和黑泽尔·维弗的脸重叠在一起。她低笑着，把两只手指放在牙齿前。两个小男孩的脸就像盘子一样，分别在两边接住她落下来的笑容。黑泽的脖子向后一扭，发出了声响。这声响似乎是伊诺克以前从未听过的。它很可能来自玻璃柜里的那个男人。伊诺克马上意识到就是它。"等等我！"他尖叫着，跟着黑泽尔·维弗冲出了房间。

伊诺克在半山腰追上了他。他一把抓住黑泽的胳膊，拽得他转过身来，然后他就站在那里，突然觉得像气球一样又轻又无力，他就那样瞪着眼。黑泽尔·维弗抓住他的肩膀，摇晃着他。"地址在哪儿?"他大嚷,"把地址给我!"

即使伊诺克知道地址,他一时也想不起来。他甚至站都站不起来。黑泽尔·维弗松开他,他往后一倒,摔在了一棵刷了白漆的树下。他翻过身,展开身子平躺在地上,脸上一副意气风发的神情。他以为自己是在飘浮。他看见远处有个蓝色的身影跳跃着拾起一块石头,他看见那张狂野的脸转过来,那块石头朝着他扔过来;他笑着闭上了眼睛。他睁开眼的时候,黑泽尔·维弗已经离开了。他把手放在前额,然后又放在他眼前。手指上有红色痕迹。他扭过头,看见地上有一滴血,他看着这滴血,觉得它正在变成一眼小泉。他笔直地坐起来,皮肤冻住了似的,他把手指放在血里,他隐约听见自己的血跳动的声音,他秘密的血,在这座城市的中心。

伊诺克和大猩猩

伊诺克·埃默里借了房东太太的一把伞，他站在药房门口试着撑开伞，发现这把伞和房东太太一样上了年纪。好不容易终于把它撑开，他推上墨镜，再次冲进倾盆大雨里。

房东太太这把伞已经十五年没用过了（这是她肯借给他的唯一理由），雨水刚淋到伞顶，伞就啪的一声合上，戳到他的后颈。他头顶着这把伞跑了几步，又躲到另一家商店门口，放下伞。为了再把它打开，他只能把伞顶朝下放在地上，一脚猛地踹开，又跑回雨里，一手撑住伞骨把伞撑开。这样一来，雕刻成猎狐狗形状的伞柄不时戳在他的肚子上。他又这样往前走了四分之一个街区，后半截丝绸伞面有一半从伞骨那儿翻了上去，暴雨从他的领子处泻下来。于是他躲进一家电影院的遮阳篷下。是个周六，售票亭前站着一大堆稀稀拉拉排着队的孩子。

伊诺克不大喜欢小孩，可是孩子们似乎总喜欢打量他。排队的孩子纷纷转过身，大约有二三十双眼睛好奇地瞅着他。这把伞现在的形状很难看，一半朝上，一半朝下，朝上的大部分眼瞅着马上就要翻下来，更多的雨水会流到他衣领里。这种情况发生时孩子们笑着跳上跳下。伊诺克瞪眼看着他们，转过身，把墨镜往下压了压。他发现自己正面对着一张真人大小、四色印刷的大猩猩海报。大猩猩的头顶有一排红色字母"贡嘎！伟大的森林之王，璀璨的明星！亲临现场！"大猩猩的膝盖那儿写了更多的字："今天中午十二点，贡嘎将亲临本剧院！前十个敢上前和他[1]握手的观众将免费入场！"

当命运女神抽回腿准备踢他的那一刻，伊诺克通常在想其他事情。他四岁的时候，父亲从监狱里给他带回一个铁皮盒子。盒子是橘色的，上面是几粒碎花生的图片，还有一行绿色的文字："坚果般的惊喜！"伊诺克打开盒子，蹦出来一圈弹簧，崩掉了他两颗门牙的下半截。他的生命中充满了这样的事件，他似乎应该对这样的危险时刻更敏感才对。他站在那里，将海报仔细读了两遍。在他看来，是上帝之手指引他去羞辱那

---

[1] 原文均为 he，指代贡嘎。

只功成名就的大猩猩。

他转过身，问近旁的孩子几点了。孩子回答说十二点十分，贡嘎已经迟到了十分钟。另一个孩子说可能是大雨耽搁了。还有一个说，不是因为下雨，而是贡嘎的导演正从好莱坞坐飞机赶来。伊诺克咬了咬牙。第一个孩子说，如果他也想和明星握手，他得和他们一样排队，等着轮到自己。伊诺克加入排队等候的人群。有一个孩子问他多大了。另一个观察到他的牙齿很奇怪。伊诺克尽量不去理会，开始整理雨伞。

几分钟后，一辆黑色卡车转过街角，在大雨中慢慢沿街驶来。伊诺克将雨伞塞到胳膊下面，眯起眼睛透过墨镜看着。卡车驶近了，里面的留声机播放着《塔拉拉蹦滴唉》，可是音乐声几乎被雨声掩盖。卡车车身外有一张巨幅金发女郎海报，宣传着大猩猩以外的影片。

卡车在电影院前面停下来，孩子们规规矩矩排着队。卡车的后门与警车相仿，装着栅栏，可大猩猩不在里面。两个穿着雨衣的男人钻出车厢，骂骂咧咧地跑到车后打开门。其中一个把头伸进去说："好啦，打起精神来，行吗？"另一个冲着孩子们动动拇指说："后退点，麻烦后退点好吗？"

卡车里的录音机播放着一个声音："大家好，贡嘎出场！咆哮的贡嘎，璀璨的明星！大家来点儿热烈的掌声！"这声音在雨里不过像低声嘀咕。

在卡车车门旁候着的那个男人又将头伸进卡车里："行了，该出来了吧？"

车里隐约传来敲击声。过了一会儿，一只毛茸茸的黑色手臂伸了出来，雨水刚落在上面，这只手又缩了回去。

"该死的。"站在遮阳篷下的那个人诅咒了一声；他脱下雨衣扔给站在车门边的另一个男人，这个人把雨衣扔进车厢内。又过了两三分钟，大猩猩出现在门口，雨衣的纽扣一直扣到下巴，衣领竖着，脖子上挂着一圈铁链；这个人拉着链子把他拽下来，一起跳到遮阳篷下面。一个慈眉善目的女人坐在玻璃售票亭里，准备好通行证，好让头十个足够勇敢的孩子上去和大猩猩握手。

大猩猩完全无视这些孩子，跟着那个男人走到入口的另一边，那里有一个小小的平台，高出地面一英尺左右。他走上平台，转身面对着孩子们，开始咆哮。他的咆哮声并不大，却充满了恶意，听起来像是来自一颗黑暗的心。伊诺克吓坏了，如果不是被孩子们围着，他早就跑了。

"谁先来？"那个男人问，"来吧，快点，谁先来？谁先上来，有免票通行证哦。"

这群孩子毫无动静。那个男人瞪着他们。"你们这些孩子怎么啦？"他叫道，"你们怕了？只要这链子在我手里，他不会伤到你们的。"他紧了紧手里的铁链，发出刺耳的声音，示意一切都在掌握之中。

过了一会儿，一个小女孩从队伍里走出来。她有一头木头刨花一般的鬈发，一张狂野的三角脸。她朝前走到离明星不到四英尺的地方。

"好了，好了，"这个男人说，将手里的铁链弄得哗啦啦响，"精神点儿。"

大猩猩伸出手很快地握了握。这时又有一个女孩儿准备好了，接着是两个男孩儿。队伍重新排了一下，向前移动。

大猩猩继续伸出手，扭过头，一副百无聊赖的样子看着雨。伊诺克已经不再害怕，正拼命想着用来羞辱他的脏话。通常他在这方面完全没有问题，可这会儿他却什么也想不出来。他两边的脑子都空空如也，连他每天说的脏话都想不起来。

这会儿他前面只有两个孩子了。第一个和大猩猩握了手之后就站在了一边。伊诺克的心怦怦狂跳。前面的那个孩子完成了，也站在一边，就剩下他面对着大猩猩，大猩猩机械地伸出手。

自从伊诺克来到这座城市，这是第一次有人向他伸出手。这只手又温暖又柔软。

有一会儿他只是站在那里,牢牢握住这只手。然后他开始结结巴巴。"我叫伊诺克·埃默里,"他嘟囔着,"我在罗德米尔圣经男校上过学。我在城里的动物园工作。我看过你的两张照片。我才十八岁,可是我已经在为这座城市工作了。我爸爸硬要我来的……"他的声音哽住了。

这明星稍微朝前倾身,眼神一变:一双丑陋的人类眼睛凑近了,从赛璐璐镜片后面眯起来看着伊诺克。"你去死吧。"猩猩的戏服里传来一阵敌意的声音,很低,但清晰,手也猛然抽走了。

伊诺克感受到的羞辱如此猛烈痛苦,他晕头转向绕了三圈才意识到自己要去的方向。接着他竭尽全力朝雨里飞跑而去。

伊诺克不禁感到有什么事情要发生。在伊诺克看来,希望由两份怀疑和一份欲望组成。这一天余下来的时间里,这个念头一直在缠绕着他。他只是模糊地知道自己想要什么,他可不是没有抱负的男孩子:他想有所成就。他想让自己的境况变得更好。他希望有一天也能看到人们排着队和他握手。

整个下午他在房间里坐立不安团团乱转,咬着指甲,将房东太太那把破伞上剩下的丝绸伞面撕成碎条。最后终于把伞弄得光秃秃的,伞骨也折断了。只剩下一根黑色的棍子,一头是锐利的钢尖,另一头是狗脑袋,看起来像是某种过时的特殊刑具。伊诺克用胳膊夹着这把破伞在房间里走来走去，意识到拿着这个东西走在人行道上将会引人注目。

到了晚上七点，他穿上大衣，拿起这根棍子，朝两个街区外的一家小餐馆走去。他感觉自己是去得到某种尊严，可他非常紧张，担心尊严可能需要抢回来，而不只是收到。

他从不饿着肚子做事情。这家餐馆名叫巴黎小厨，六英尺宽的狭长通道，在一家擦鞋店和一家干洗店之间。伊诺克悄悄走进去，爬上柜台角落里的一张圆凳，说他想要一碗青豆汤，一杯巧克力麦乳奶昔。

服务员是个高个子女人，戴着副黄色牙箍，同样颜色的头发梳上去，用黑色发网兜住。她的一只手从不离开臀部，点单的时候就用另一只手。虽然伊诺克每晚都来光顾，她却从来没喜欢过他。

她还没有给伊诺克点单，就开始煎培根；餐馆里还有另外一位顾客，他已经用完餐，正在读一份报纸；除了她，没有人要吃培根。伊诺克越过柜台，用棍子戳了戳她的屁股。"听着，"他说，"我得走了。我赶时间。"

"那走啊。"她说。她的下颚动了动，全神贯注地盯着煎锅。

"我就要后面那块蛋糕。"他指着圆玻璃台面上的一块粉色和黄色相间的蛋糕。"我还有事要做。我得走了。就放在他旁边吧。"他说，示意那个读报纸的顾客。他越过几个圆凳，开始阅读那个男人的报纸朝着外面的部分。

那个男人压低了报纸，看着他。伊诺克笑容满面。男人又举起报纸。"我能借读一下你不看的这部分吗？"伊诺克问。男人又压低了报纸，看着他，眼睛混浊而笃定。他不疾不徐地翻了翻报纸，抽出来有漫画的那一张递给了伊诺克。这是伊诺克最喜欢的部分。他每天晚上都例行公事般读。那个女服务员很粗鲁地把蛋糕放在他面前，他一边吃一边读着，觉得自己充满了善良、勇气和力量。

他读完了这一面，翻到另一面，开始浏览上面的影片预告。他的视线扫过三个广告栏，然后停在宣传伟大的森林之王贡嘎的广告栏，里面罗列了巡回演出的地点和时间。三十分钟后他将到达57号大街的胜利影院，这是他在这座城市的最后一次露面。

如果有人在这时看见伊诺克，会发现他脸上清晰的表情变化。他脸上还留着读漫画时给他带来启发的神情，但这时已被另一种表情覆盖：一种苏醒的表情。

那个服务员碰巧转过身看他是否走了。"你怎么回事？"她说，"你吞了果核啦？"

"我知道我要什么啦。"伊诺克嘀咕道。

"我也知道我要什么。"她阴沉着脸说。

伊诺克去摸他的棍子,把零钱放在柜台上。"我得走了。"

"我没留你啊。"她说。

"你可能再也见不到我了,"他说,"——这个样子的我。"

"随便什么样子和我都没关系。"她说。

伊诺克走了。这是个愉快而湿润的夜晚。人行道上的水洼泛着微光,商店的橱窗里满是琳琅满目的便宜货。他消失在一条小街,在城市黑暗的小巷里飞快地穿行,只在小巷尽头停下来一两次,朝四处看看,继续往前飞奔。胜利影院很小,坐落在一个分布紧密的小区里,很适合家庭活动。他经过一片亮着灯光的地方,又走过更多的巷子和后街,终于到了影院周围的商业区。他放慢了脚步,看见影院就在一个街区之外,在黑暗中闪着灯光。他没有穿过马路到影院在的那条街,而是远远站在另一侧,眯着眼盯着那片闪光的地方,一边往前走。他在影院正对面停了下来,躲在大楼中间一个狭窄的楼梯间里。

载了贡嘎的那辆卡车停在街对面,那个明星正站在遮阳篷下面,和一个老妇人握手。她移到一旁,一个穿着 polo 衫的绅士迈步向前,像个运动员似的和他用力握手。他后面跟着一个约莫三岁的男孩,戴一顶高高的牛仔帽,几乎完全遮住了他的脸；他被队伍里的人推搡着向前走。伊诺克看了一会儿，满脸的嫉妒。这个小男孩身后是个穿短裙的女人，她后面是个老头儿，老头儿也不好好走路，而是一路跳着舞，试图吸引更多的注意力。伊诺克突然猛冲过马路，悄无声息地溜进大开着的卡车后门。

一直到影片即将开始才结束握手活动。明星这才回到车厢，观众鱼贯而入影院。司机和典礼负责人爬进驾驶室，卡车隆隆作响地开走了，它飞快穿过城市，在公路上疾驰。

车厢里发出撞击声，不是大猩猩平日里发出的声音，但被马达的嗡嗡声和车轮不断轧过路面的声音掩盖住了。夜色黯淡，寂然无声，除了猫头鹰偶尔的叫声和远处货运车轻柔的声响。卡车继续加速，到了一个交叉路口才慢下来，车厢嘎嘎轧过铁轨，一个身影从门里闪出，差点跌倒，一瘸一拐地迅速钻进树林。

到了松树林的幽暗处，他放下一直抓着的尖棍子，和一直夹在腋下的一包鼓鼓囊囊松松垮垮的东西，开始脱衣服。他把每件脱下来的衣服都整齐叠好，放在前一件的上面。等所有的衣服都摆成一摞了，他拿起棍子开始在地上挖洞。

惨白的月光照进黑暗的松树林，时不时落在那个人身上。原来是伊诺克。他的脸被一条从嘴角到锁骨的伤痕破坏了，眼睛下面的肿块让他看起来颇为迟钝。他被一种强烈的幸福感燃烧，没什么比这个更有欺骗性了。

他挖得很快，直到挖出一道一英尺长一英尺深的沟壑。他把那叠衣服放了进去，站在一边休息了一会儿。把衣服埋起来对他来说并不意味着埋葬过去的自我；他只知道他不再需要它们了。等到缓过气来，他把挖出来的土又填回去，用脚夯实了。他做这些的时候发现自己脚上还穿着鞋子，等他干完了活儿，他脱下鞋子扔到一边。接着他拾起那鼓囊囊的东西，用力抖了抖。

在模糊的光下，可以看见他那条瘦瘦的白腿消失了，然后是另一条，先是一只胳膊，然后是另一只：一个黑色的、沉重而毛茸茸的影子取代了他。有一会儿这个影子有两个脑袋，一个颜色浅一个颜色深，转瞬间颜色深的盖住了颜色浅的，一切搞定。接着这个身影忙着摆弄暗扣，又整了整兽皮。

一切稳妥之后，它仍然站在那里，一动不动。接着它开始吼叫，捶打自己的胸膛；它跳上跳下，挥舞着手臂，往前伸着脑袋。最初的吼叫声单薄且畏缩，顷刻间就洪亮起来。它们变得低沉且恶毒，接着响亮起来，之后又变得低沉且恶毒，接着完全停止了。这个身影伸出一只手，空握着拳，奋力舞动着胳膊；接着收回手臂，再伸展开，空握着拳，舞动着。它重复了四五次这样的动作。之后它拾起尖棍,将棍子放在腋下,摆了一个傲慢的姿势,离开树林朝公路走去。无论是非洲的、加利福尼亚的,还是纽约的大猩猩,都比不上它快乐。

一个男人和一个女人紧挨着坐在公路边的一块大石头上,他们的目光越过开阔的山谷,眺望着远处的城市,没注意到这个毛茸茸的身影正在接近。几个大烟囱和楼房正正方方的顶部构成一面参差不齐的黑墙,衬着浅色的天空,几处教堂的尖顶将云层切割出楔形。那个年轻男人扭过头刚好看见大猩猩就在几英尺外站着,黑乎乎的,伸着一只手,令人骇然。他松开环着女人的手,无声地消失在树林里。当她一转眼看见,尖叫着逃下公路。大猩猩站在那里,很惊讶的样子,手臂落在身体的一侧。它坐在他们刚刚坐过的石头上,目光越过山谷,眺望着城市起伏的天际线。

帕翠枝镇上的节日

卡尔霍恩把他那辆豆荚形状的小车停在姑婆们房子外面的停车道上，小心翼翼地下了车，左右看看，仿佛大丛大丛盛开的杜鹃会对他有致命的影响。这些老妇人门外的草坪并没有精心修整，而是将三层阶梯满满当当种了红白两色杜鹃，从侧道开始一直向后延伸至尚未刷漆的房子的最边上。两位姑婆都在前廊里，一个站着，一个坐着。

"我们的小宝贝来了！"他的姑婆贝西说话的音量是想让相隔两英尺但耳聋的另一位也听到。邻居草坪上的一个女孩子听见了，她正盘腿坐在一棵树下读书，这会儿扭过头来。她抬起戴着眼镜的脸，盯着卡尔霍恩，又将注意力集中到书上去了，而卡尔霍恩只清楚地看到了一个傻笑。他皱着眉头，面无表情地朝着前廊走去，好完成和两位姑婆的礼数。他这次自愿出现在帕翠枝镇的杜鹃花节,两老肯定会把这个看作是他性格上的进步。

两位姑婆都是下颚方正,看起来颇似嘴里戴着木制假牙的乔治·华盛顿。她俩都穿着黑色套服,胸前有个大大的折饰,花白的头发向后卡住。两人分别拥抱了他之后,卡尔霍恩跟跄着跌坐在摇椅里,给了她俩一个温顺的微笑。他到这来是因为辛格顿完全虏获了他的想象力,但他在电话上告诉姑婆贝西他是因为节日过来散心的。

那位耳聋的姑婆玛蒂大声嚷嚷着:"卡尔霍恩,你曾祖父若看到你对这个节日有兴趣,他肯定高兴坏了。你知道,这个节日最初就是他发起的。"

"好啦,"男孩吼了回去,"这次你又有什么小小的意外惊喜?"

离节日开始还有十天的时候,一个叫辛格顿的男人因为没有买杜鹃花节的徽章,在县政府大楼前的草坪上被模拟法庭审判。庭审过程中他被囚禁在两棵树桩之间,被判处和一只山羊关在一起,这只山羊是因为同样的罪名被判处了。关禁闭的牢房是美国青年商会为了这个场合专门借来的一间户外厕所。十天后,辛格顿出现在县政府大楼长廊上的一扇侧门边,用消音自动手枪射杀了在座的五位显贵,又误伤了人群中的一个路人。无辜挨枪的人做了市长的替死鬼，市长那一刻正弯下腰去提鞋舌。

"一个不幸的事件，"姑婆玛蒂说，"损坏了节日的气氛。"

他听见那边草地上的姑娘啪的一声合上书本，脑袋从篱笆上伸出来——脖子前倾，小脸上有种激烈的神情，在离开前她迅捷调整了一下表情。"好像什么也没损伤啊。"他说，"我今天经过镇上，看到人比以往倒更多了，所有的旗子都升起来。帕翠枝，"他大嚷，"埋葬它的死者，而且一分钱也不会少赚。"这句话没说完，那姑娘家的前门砰的一声关上了。

他的姑婆贝西已经回屋了，这会儿拿着一个小小的皮盒子又走了出来。"你看起来真像父亲。"她说着，把椅子拖得离他近了些。

卡尔霍恩兴致索然地打开盒子，铁锈色的灰尘落在他的膝盖上，他从里面拿出曾祖父的微型画像。每次他来，都会给他看这个。老头子——圆脸，秃头，很寻常的一个模样——坐着，双手交叉放在一根黑色拐杖的顶端，神情天真而坚定。一个出色的商人，男孩心想，又往后退了退。"这个坚定不移的杰出人物，会怎么看现在的帕翠枝镇，"他挖苦地问道，"在六位居民被枪击之后，节日气氛还能如此饱满高涨？"

"父亲是个进步人士，"姑婆贝西说，"是帕翠枝镇最有远见的商人。他要么是被枪击的几个显要人物中的一个，要么就是制服这个疯子的人。"

男孩不知道自己对这件事能忍受多少。报纸上刊登了六名受害者的照片，一张辛格顿的照片。这几张照片里辛格顿的脸是唯一一个特色鲜明的。一张阔脸，棱角分明，神情阴郁。一只眼睛比另一只更圆，从这只更圆的眼睛里，卡尔霍恩感受到了这个男人的镇定自若，这是个知道自己要做什么，并且愿意为了能成为自己而承受痛苦的人。另一只形状规则的眼睛里潜伏着深思熟虑后的轻蔑，但总体来看，这个男人一副饱受折磨的面容，带着一股被周遭的疯狂感染了的神情。其他六个人的脸看起来则是神情泛泛之辈，和他曾祖父一样。

"你长大了，会越来越像父亲，"他的姑婆玛蒂预言道，"你脸色红润，和他一样，神情也一样。"

"我完全是另一种人啊。"他生硬地回答道。

"白里透红的肤色，"姑婆贝西大笑着，"你也有一点小油肚啦，"她说，用拳头在他肚子上捶了一下，"咱们的小宝贝多大了？"

"二十三了。"他嘟囔着，心想这趟拜访可不能老像这样啊，一旦她俩有意粗野对他了，一般会适可而止。

"有女朋友了吗？"姑婆玛蒂问道。

"没呢。"他疲惫地说。"我想,"他继续道,"这里的人都会认为辛格顿就是个精神病吧?"

"是的,"姑婆贝西说,"很古怪。他从来格格不入。和我们这里的人都不一样。"

"真是可怕的处境。"男孩说。虽然他的两只眼睛没有大小之别,他却有一张和辛格顿一样的阔脸;但他俩真正的相似之处是内在。

"既然他有精神病,他就不用负责任了啊。"姑婆贝西说。

男孩的眼睛一亮。他往前坐了坐,眯起眼盯着老妇人。"那么,"他问道,"真正的罪在哪里?"

"父亲的脑袋一直到三十岁都和婴儿一样光滑,"她说,"你最好赶紧给自己找个女朋友。哈哈,你现在准备怎么办?"

他手伸进口袋,拿出烟斗和一包烟丝。你就没办法问她们有深度的问题。她俩都是圣公会低教教派的好信徒,但她们的想象力没有是非观念。"我觉得我应该写作。"他说道,开始往烟斗里装烟叶。

"好啊,"姑婆贝西说,"可以可以。没准你会成为另一个玛格丽特·米歇尔呢。"

"我希望你会给我们一个公正的说法,"姑婆玛蒂嚷嚷道,"没几个能做到这点。"

"我会给你们一个公正的说法的,"他严肃地说,"我正在写一篇……"他停下来,把烟斗放到嘴里,往后一坐。和她们说这个真是荒唐透顶。他拿出烟斗说:"好啦,说来话就太长了。女士们是不会感兴趣的。"

姑婆贝西意味深长地歪着脑袋。"卡尔霍恩,"她说,"我们可不想对你失望。"她俩那样瞧着他,就好比才意识到她们一直喜爱的那条宠物蛇竟然有毒似的。

"要知晓真理,"男孩带着最狂热的神情说,"只有真理让你自由。"

他引用《圣经》里的话看起来消除了她们的疑虑。"他是不是挺可爱?"姑婆玛蒂问道,"抽着那只小烟斗?"

"小子,赶紧找个姑娘。"姑婆贝西说。

几分钟后他逃离了她俩,把包拿到楼上,又下楼来,准备出门专心研究自己的素材。他计划用整个下午就辛格顿这个话题采访镇上的人们。他希望能写篇东西证明这个疯子的无辜,也希望用这篇文章减轻自己的负罪。因为在辛格顿纯粹的光照里,他的双重人格和阴影落在他跟前,比往常显得更加阴暗。

今年夏季的三个月,他和父母住在一起,卖空调、船、冰箱,这样一来,其余的九个月他就可以满足生活所需,让他真实的自我——叛逆艺术家的神秘自我——得以显现。这九个月他一直生活在城市的另一端，和另外两个无所事事的男孩住在一个没有暖气没有电梯的公寓里。可是在夏天感受到的负罪感一直追随他到了冬天；事实是即便夏天他没有狂热地投身于销售，他也能过得下去。

当他对父母解释说他鄙视他们的价值观，他父母互相看了看，带着一股确认的神情，仿佛他们早就看出来了，他父亲还答应提供一小笔钱资助他租房。为了自我独立他拒绝了，但在内心深处他知道这不是因为他的独立，而是因为他喜欢销售。面对顾客时，他完全忘了自己；他的脸开始发亮，开始流汗，一切繁杂的念头都离开了；一种强烈的动力抓住了他，这强大的动力堪比酒精和女人对于一些男人的吸引力。他销售做得如此优秀，公司颁发给他一幅卷轴的业绩奖状。他在"业绩"二字周围标上了引号，他和他的朋友们拿卷轴当做飞镖的靶子用。

他看到报纸上辛格顿的照片时，这张脸就燃烧着他的想象力，如同一颗幽暗的有谴责意味的解放之星。第二天一早，他就给姑婆们打电话让她们等着他，驱车一百五十英里来到帕翠枝镇，花了不到四个小时。

在他走出房子的路上，姑婆贝西叫住他说："六点前回来，小羊羔，我们替你准备了甜蜜的惊喜哟。"

"米饭布丁吧?"他问。她俩的厨艺糟透了。

"远比这个甜呢!"老妇人转了转眼珠说。他赶紧溜了。

邻居家的姑娘带着她的书又回到了草地上。他想他很可能认识她。他小的时候来这里,姑婆们老是把隔壁的古怪孩子领了来陪他一起玩——有一次是一个穿着女童子军装的大胖傻子,还有一回是个会背诵《圣经》诗篇的近视眼男孩儿,又有一次是个身形几乎是正方形的女孩,把他的眼睛打青了之后就走了。他现在长大了,为此他感谢上帝,姑婆们再不敢替他来安排时间了。他走过的时候,姑娘并没有抬眼看他,他也没说话。

一上了人行道,他就被杜鹃花的丰饶感染了。它们像一波波色彩之浪涌入草地,冲向白色的屋面,激起粉色和深红的,白色和神奇而近乎薰衣草紫的,以及狂野的红黄色的繁花之峰。颜色之丰沛让他内心充满了愉悦,几乎让他屏息。苔藓从老树上垂下来。宅子是那种最能入画的衰败老宅,还是南北战争之前的风格。这地方的衰败气息,用他曾祖父那句流传至今成为小镇座右铭的话来表述就是:美能生财。

姑婆们的住处与商业区相隔五个街区。他快步走过去,几分钟后来到荒秃秃的商业区边缘,摇摇欲坠的镇政府就在商业区的中心。烈日猛烈地照射在随处停靠的汽车顶上。国旗、州旗、南部联盟旗，各式各样的旗子在每个角落的灯柱上飘扬。人们四处闲逛。在姑婆们住的那条树荫遮蔽、杜鹃花亦开得很盛的街道上，他统共遇到不过三个人，而这里到处都是人，热切地盯着商店里可怜巴巴的展示品，心存敬畏地慢慢走过县政府的前廊，这个曾经鲜血四溅的地方。

他想知道这些人里有没有哪一个或许会想到，他来这里的原因和他们的一样。他很想就这样开始，以苏格拉底的方式，在大街上讨论这六位死者的真正罪孽在何处，可是当他环顾四周，却没有发现谁有这个能力对意义产生真切的兴致。他漫无目的地走进一家杂货店。店里光线很暗，一股子酸溜溜的香草味道。

他在柜台前一张高脚凳上坐下，要了一杯柠檬汽水。那个准备饮料的男孩脸上有两道精心修剪的红色鬓角，衬衫前别着一枚杜鹃花节的徽章——就是辛格顿拒绝购买的徽章。卡尔霍恩的眼神立刻落在了上面。"我看到你给上帝付了份子钱。"他说。

男孩似乎没听懂这句话的意思。

"徽章，"卡尔霍恩说，"这个徽章。"

男孩垂眼看了看，又看向卡尔霍恩。他把饮料放在柜台上，继续看着卡尔霍恩，好像他服侍的是一个有趣的残疾人。

"你享受这种节日气氛吗?"卡尔霍恩问。

"所有这一切?"男孩问道。

"这些个大事件,"卡尔霍恩说,"我觉得是从这六个人的死开始的吧。"

"是的,先生,"男孩说,"死了六个,其中四个我还认识。"

"那么这个荣耀也有你的一份啰。"卡尔霍恩说,他突然感到外面的街道安静下来。他的目光转向门口,看到一辆灵车经过,后面跟着一队缓缓行驶的车辆。

"这是那个男人自己的葬礼,"男孩肃穆地说,"那五个挨了枪子儿的人的葬礼昨天一起办了,是场盛典。可是他死得不及时,没赶上。"

"他们的手上既有无辜的血,也有罪恶的血。"卡尔霍恩说,凝视着这个男孩。

"就没有他们,"男孩说道,"全是一个人做的。一个叫辛格顿的人。他精神不正常。"

"辛格顿只是个工具,"卡尔霍恩说,"帕翠枝镇是有罪的。"他一口气喝完饮料,放下杯子。

男孩看着他,好像他疯了似的。"帕翠枝镇又没有开枪杀人。"他被激怒的声音相当刺耳。

卡尔霍恩把硬币放在柜台上，离开了。最后一辆车在这个街区的尽头拐了个弯。他以为没什么热闹可看了。显然大家看见灵车之后就很快离开了。离他有两扇门的地方，一个老头从五金店里探出身来，盯着大街上游行队伍消失的地方。卡尔霍恩迫切地想和人交流，他踌躇地走上前。"我想这是最后一场葬礼吧。"他说道。

老头把一只手放在耳后。

"那个无辜的人的葬礼。"卡尔霍恩嚷嚷着，朝大街的方向点点头。

老头大大方方地挖着鼻孔，他的神情不太友善。"唯一一颗打对的子弹，"他说话的声音很刺耳，"比勒是个废物。那时正喝醉了。"

男孩皱起眉头。"那么我猜那五个人是英雄啰？"他狡猾地暗示道。

"好人啊，"老头说，"死在岗位上。我们给他们办了一场英雄的葬礼——五个人合办一场大型葬礼。比勒的家人催着殡仪馆的人，想把比勒安排进去，可我们都上心着呢，不能让比勒赶上这一场。否则会是个耻辱。"

上帝啊，男孩想。

"辛格顿做的唯一一件好事就是帮大伙儿摆脱了比勒，"老头继续说,"现在得有人帮我们摆脱辛格顿。他这会儿在昆西,过得很舒适,躺在免费的凉爽被窝里,吃掉你和我缴的税钱。他们早该当场就击毙他。"

这太可怕了,卡尔霍恩惊得说不出话来。

"如果把他放在那里,他们该收他的寄宿费。"老头说。

男孩轻蔑地瞅了老头一眼,离开了。他过街去了对面的政府广场,绕了一个古怪的角度,是为了尽快和这个老傻瓜离得越远越好。树下散放着长椅,他看见一张空着的就坐了下来。在镇政府一旁的阶梯上,几个观光客正站在那儿欣赏曾关着辛格顿和山羊的"牢房"。他朋友的悲凉处境让他感同身受。他觉得自己被推搡进厕所,挂锁嘎哒一声,锁了。从已经腐蚀的木板间,他看见外面的那些傻瓜在欢呼嚎叫。山羊发出猥亵的叫声,他看见自己被困在小区的气氛里。

"六个人在这里被枪击了。"不远处响起一个奇怪的压低了的声音。

男孩惊得跳起来。

一个瘦小的白人女孩,舌头卷着放在可口可乐的瓶口,正坐在他脚边一处沙地上,不动声色地瞅着他。她的眼睛是和可乐瓶一样的绿色。她赤着脚,一头直直的白发。她的舌头从瓶口又缩了回去,发出爆破似的声音。"一个坏人干的。"她说。

女孩不容置疑的声调,让男孩感到一种挫败。"不,"他说,"他不是坏人。"

女孩把舌头伸进瓶口,又默默地缩回去,眼睛一直看着他。

"大家对他不好,"他解释说,"他们对他冷酷又刻薄。如果有人对你冷酷,你会怎么办?"

"结果他们。"

"对啊,他就是这么做的。"卡尔霍恩皱着眉说。

她继续坐在那儿,眼睛一直盯着他。她的眼神也许就是帕翠枝镇那种毫无深度的目光。

"你们这些人迫害他,最后逼得他发了疯,"男孩说,"他不愿意买徽章。这就是犯罪?他是一个局外人,而你们不能容忍这个。人的基本权利之一,"他说,目光穿过女孩清澈透明的凝视,"就是不像一个傻子那样行为的权利,与众不同的权利,"他声音嘶哑地说,"我的上帝啊,成为你自己的权利。"

她的眼光仍然没有离开他,只是抬起一只脚搭在膝盖上。

"他是一个很坏很坏很坏的人。"她说。

卡尔霍恩站起身来走开了,眼睛注视着前方。愤怒让他的视线模糊不清,他周围一切活动都不甚清晰了。两个穿着亮丽短裙和夹克的女中学生跳到他面前,高声叫着:"今晚选美比赛,买张票吧,看看谁能当选帕翠枝镇的杜鹃花小姐!"他一个急转闪到一边,甚至都没看她俩一眼。她们咯咯的笑声一直跟着他,一直到他过了县政府大楼,到了后面的街区。他在那里站了一会儿,不确定接下来要干什么。他面对着一家理发店,里面空荡荡的而且很凉爽。片刻之后,他走了进去。

店里只有理发师一个人,他从正在读的报纸上抬起头。卡尔霍恩说要理个发,心情愉悦地在椅子上坐了下来。

理发师是个高高瘦瘦的家伙,眼睛的颜色看来似乎比以前要淡了些。他看着像是饱受自己折磨的人。他给男孩戴上围兜,站在那里盯着他的圆脑袋,好像这是个南瓜,而他在考虑如何将它切片似的。然后他快速转过椅子,让卡尔霍恩面对着镜子。他看见自己的圆脸,天真无辜,毫无特点。男孩的表情变得激烈起来。"你和他们一样,都是吃剩饭的?"他挑衅说。

"什么?"理发师问。

"这里正进行的部落仪式对理发店的生意有好处吧?所有这些仪式,这些事。"他不耐烦地说。

"哦,"理发师说,"去年这里多来了一千多人,今年看起来要更多——因为,"他说,"那场悲剧。"

"那场悲剧。"男孩重复道,拉长了嘴。

"六个人遭枪击。"理发师说。

"那场悲剧,"男孩说,"那么另一场悲剧呢——被这群白痴迫害的这个男人,直到他枪杀了这六个人?"

"哦,他啊。"理发师说。

"辛格顿,"男孩说,"他是你的常客吗?"

理发师开始剪头发。听到这个名字时,一种奇怪的鄙视神情浮现在他脸上。"今晚有选美比赛,"他说,"明晚有乐队表演。星期四下午有一场大规模游行……"

"你认不认识辛格顿?"卡尔霍恩打断他。

"熟得很。"理发师说完,闭上了嘴。

一想到辛格顿可能坐过他现在坐着的这张椅子,男孩的身体一阵战栗。他在镜中拼命寻找和那个男人的相似之处。渐渐地他看见它浮现出来,他激动的情绪将隐秘的信息带到了明处。"他经常光顾你这里吗?"他问道,屏住气息等着回答。

"他和我是姻亲,"理发师生气地说,"可他从未来过这儿。他一毛不拔,怎么会来剪头?他给自己剪。"

"不可原谅的罪行。"卡尔霍恩高声说道。

"他的堂弟娶了我的小姨子,"理发师说,"可他从未在这条大街上认出我。经过他身边,就我和你这么近,他一样只管自己走路。眼睛一直看着地面,好像在跟踪一只虫子似的。"

"全神贯注嘛,"男孩嘟囔道,"他肯定不知道你也在街上。"

"他当然知道,"理发师说着,嘴唇不悦地一撇,"他肯定知道。我是剪头发的,他是剪优惠券的,就这么简单。我是剪头发的,"他重复了这一句,似乎这句话在他听来特别悦耳,"他是剪优惠券的。"

典型的穷人逻辑,卡尔霍恩想。"辛格顿一家以前富过吗?"他问。

"他只算半个辛格顿,"理发师说,"而辛格顿家人却声称他压根儿就不算。辛格顿家有个姑娘,去外面度了九个月的假,回来就多了这么个人。接着大家一个个死掉了,钱就留给了他。没人知道他的另一半血统是什么,我猜应该是外国的。"他的语气显然暗示了更多。

"我开始有点明白了。"卡尔霍恩说。

"他现在不用剪优惠券了。"理发师说。

"是的,"卡尔霍恩说着,提高了声调,"现在他在忍受痛苦。他是个替罪羊。他承担了整个群体的罪恶。为了他人的罪牺牲了。"

理发师停了片刻,半张着嘴巴。过了一会他用更为敬畏的语气说:"牧师,您弄错了。他不去教堂的。"

男孩的脸涨红了。"我自己就不去教堂。"他说。

理发师似乎又停了下来，他拿着剪子，不知所措地站在那里。

"他是个个人主义者，"卡尔霍恩说，"他不允许自己被压进比自己低下的一类人的模子里。不墨守成规的人。他是一个有深度的人，却居住在一群滑稽可笑的人当中，他们最终逼得他发了疯，他所有的暴力就释放到他们身上。仔细看看吧，"他继续说，"他们甚至都没有审判他，直接把他送到昆西。为什么？因为，"他说道，"审判最终将会显露他无辜的本质，暴露整个群体的真正罪恶。"

理发师的脸色顿时一亮。"你是个律师，对吧？"他问道。

"不是，"男孩不悦地说，"我是作家。"

"喔，"理发师嘀咕道，"我就知道肯定是这类人。"片刻之后他说，"你写什么？"

"他没结过婚啊？"卡尔霍恩粗鲁地继续发问，"他一个人住在辛格顿一家在乡下的房子？"

"也就是间破房子而已，"理发师说，"他又不愿意花钱维修，没有女人愿意和他在一起。这大概算是他永远得为之买单的事了。"他说着，双颊发出粗野的声音。

"你知道这个，因为你老在那种地方。"男孩说，几乎无法控制对这个偏狭之人的厌恶之情。

"才不是。"理发师回答,"这不过是常识而已。我只是个剪头发的,"他说,"但是我没有像头猪那样活着,我屋里有下水道,还有一台冰箱,能把冰块吐在我妻子手里。"

"他不是个物质主义者,"卡尔霍恩说,"对他而言,有些事比下水道更加重要。比如独立。"

"哈,"理发师嗤之以鼻,"他可没这么独立。有一次闪电差点击中他,那些看到的人都说真该看看他逃跑的样子。跑得那叫快,好像有一群蜜蜂在他裤裆里似的。他们都快笑死了。"他拍着膝盖,发出像鬣狗一样的笑声。

"真可恶。"男孩嘟囔道。

"还有一次,"理发师继续说,"有个人去他那里,在他的井里放了只死猫。老有人做这些事情,就想看看能不能让他花点儿钱。还有一回……"

卡尔霍恩开始挣扎着要摆脱围兜,好像这是将他困住的网似的。刚一摆脱,他就把手伸进口袋,掏出一美元扔在受惊的理发师的搁板上,随后往门口走去,砰的一声甩上门,算是他对这个地方的审判。

去到姑婆家的回程并未让他情绪平静下来。落日令杜鹃花的颜色越发深了,树叶沙沙作响,庇护着老房子。这里的人没谁会想到辛格顿,一个躺在昆西污秽不堪的病房里的小床上的人。男孩当下真正感受到他无辜的力量,他想为这个男人所遭受的一切痛苦找个公正的说法,他要写的不仅仅是一篇简单的文章。他得写一部长篇小说;他必须呈现主要的不公是如何发生的,而不是说说而已。这样的想法占据了他的注意力,让他走过了姑婆们的家还浑然不知,只好又转身往回走。

姑婆贝西在门口迎他,把他拉到走廊上。"告诉你我们给你准备了甜蜜的惊喜嘛!"她说着,拉着他的手臂进了客厅。

沙发上坐着一位身体修长的姑娘,穿着柠檬绿的裙子。"你还记得玛丽·伊丽莎白吧,"贝西姑婆问,"——有一次你在这里的时候,带去看电影的那个可爱的小家伙。"他在盛怒之中认出这个姑娘就是树下读书的那位。"玛丽·伊丽莎白回来过春假,"姑婆玛蒂说,"玛丽·伊丽莎白可是个真正的学者,对吧,玛丽·伊丽莎白?"

玛丽·伊丽莎白皱着眉,表示她根本不在乎自己是否是真学者。她看着他的眼神很明显地告诉他,她并不比他更喜欢这种场合。

姑婆玛蒂抓住拐杖头,从椅子里起身。"我们今天早点吃晚饭,"另一位开口说,"因为玛丽·伊丽莎白要带你去看选美比赛,七点钟开始呢。"

"好极了。"他说话的语气对她们是没用的,但他希望对玛丽·伊丽莎白有用。

晚饭间他完全无视那个姑娘。他机智应答姑婆们的问话，语气中带着明显的愤世嫉俗，然而姑婆们不够敏锐，完全领会不到他话里的弦外之音，像个傻子似的对他说的每句话报以大笑。有两次她们称他为"小羊羔"，姑娘傻笑了一下。除此之外她一点高兴的表示都没有。她眼镜后的圆脸仍显稚气。愚钝，卡尔霍恩心想。

用完晚餐，在去看比赛的路上，他们仍然一言不发。这个姑娘比他要高几英寸，稍稍走在他前面一点，仿佛打算在半路上丢下他，但是过了两个街区后，她突然停下来，在随身带着的草编袋子里摸索起来。她拿出一支铅笔，咬在牙齿之间，继续在袋子里找。过了片刻，她从包底下掏出两张票和一个速记簿来，然后合上包，继续走。

"你还要记笔记?"卡尔霍恩问道，带着浓烈的讥讽语气。

姑娘环顾四周，似乎要找到说话的人。"是的，"她说，"我要记笔记。"

"你欣赏这类东西?"卡尔霍恩仍然用同样的腔调问，"你喜欢这个?"

"令我作呕，"她说，"我要在文学上临门一脚，飞快地完事儿。"

男孩茫然地看着她。

"可别让我打断你的兴致,"她说,"不过,这整个地方都是个错误,烂到内核了。"她的声音里带着愤懑。"他们这是糟践杜鹃花!"

卡尔霍恩吃了一惊。过了一会,他恢复了常态。"得出这个结论不需要什么了不得的心智,"他傲慢地说,"如何找到一条超越的路,这就需要有洞见。"

"你是说一种表达形式?"

"这是一个意思。"他说。

他们在沉默中走过了两个街区,但显然都有所触动。县政府大楼出现在视线中时,他俩过街到了那里,玛丽·伊丽莎白把票塞进站在入口处的男孩手中。广场周围都拉起了绳子,形成了这个入口。人群已经开始在里面的草地上聚集。

"你记笔记的时候,我们就站在这儿?"卡尔霍恩问道。

姑娘停下来,面对着他。"听着,小羊羔,"她说,"你高兴干吗就干吗。我要去大楼里我父亲的办公室工作一会儿。你愿意的话,可以待在这儿,帮着选帕翠枝镇的杜鹃花小姐。"

"我要跟你去,"他控制住自己,回答说,"我要看看一个伟大的女作家如何记笔记。"

"随便你。"她说。

他跟着她上了政府大楼的台阶，通过一扇侧门。他如此恼怒，完全没有发觉自己经过的正是辛格顿站着开枪的那扇门。他们走过像谷仓一样空荡荡的长廊，沉默着走上一段烟渍斑斑的台阶，来到另一个谷仓一般的长廊。玛丽·伊丽莎白又在草编袋子里找钥匙，随后打开了她父亲办公室的门。他们走进一间老旧的大房间，里面摆放着一排排的法律书籍。仿佛觉得男孩无能似的姑娘从墙边拉了两把直背椅子放在窗边，刚好可以俯瞰前廊。随后她就坐下来，望向窗外，似乎立刻就被下面的景象完全吸引了。

卡尔霍恩在另一张椅子上坐下来。为了惹恼她，他开始前后左右地端详她。她用胳膊肘儿支在窗台上的时候，他就这么看着她，打量了足足有五分钟。他端详了她那么久，觉得她的样子深深刻在他的视网膜上了。他终于再也忍受不了这样的沉默。"你怎么看辛格顿的？"他突然问道。

她抬起头似乎要看透他。"一个耶稣的形象。"她说。

男孩震惊了。

"我的意思是作为一个神话，"她皱着眉头说，"我不是基督徒。"她又将注意力转向外面的景色。下面有人在吹喇叭。"十六个穿泳装的女孩就要出场了，"她拉长了声调说，"这个肯定能引起你的兴趣吧？"

"听着,"卡尔霍恩恼怒地说,"好好清清你的脑子。我对什么见鬼的节日或者杜鹃花女王毫无兴趣。我之所以在这里是因为我对辛格顿的同情。我要写他。可能是部长篇。"

"我想写篇非小说类的研究文章。"姑娘说话的腔调明显表示虚构不值一提。

他们对视着,毫不掩饰对彼此的强烈厌恶之情。卡尔霍恩觉得只要他探究得足够深,就能暴露她浅薄的本质。"既然我们的形式不尽相同,"他说,再次浮现出讥讽的笑容,"我们可以比较各自的发现。"

"这个再简单不过了,"姑娘说,"他不过是个替罪羊。帕翠枝镇全情投入选美之际,辛格顿却在昆西受苦。他在赎罪……"

"我不是指你的抽象发现,"男孩解释说,"我指的是你具体的发现。你见过他吗?他长什么样?小说家对狭隘的抽象不感兴趣——尤其当抽象概念太明显的时候。他是……"

"你写过几部小说?"她问道。

"这将是我的第一部,"他冷冷地回答,"你见过他吗?"

"没有,"她说,"这对于我并不重要。他长什么样无关紧要——不管他的眼睛是褐色的还是蓝色的——这对于一个思想者来讲不是问题。"

"你很可能,"他说,"害怕见他吧。小说家从来不害怕看见真实的对象。"

"如果真有必要的话,我不害怕见他,"姑娘生气地说,"他的眼睛是褐色的还是蓝色的,对我来讲无关紧要。"

"没有这么简单,"卡尔霍恩说,"不仅仅是他眼睛是褐色还是蓝色的问题。目睹他的样子很可能会丰富你的理论。我的意思不是发现了他眼睛的颜色。我的意思是说你现有的存在和他的人格相碰撞。人格的奥秘,"他说,"是艺术家的兴趣所在。生命不存在于抽象概念里。"

"那么,是什么妨碍你去看他呢?"她问,"你干吗问我他的长相?自己去看不就好了?"

这些话如同一袋石头砸在他头上。片刻之后,他说:"自己去看?去哪里看?"

"去昆西啊,"姑娘说,"你以为在哪里呢?"

"他们不会让我去看他的。"他说。这个建议吓坏了他,出于某种他此刻无法明白的原因,这话让他觉得不可置信。

"要是你说你是他的亲戚的话,他们就会让你见的,"她说,"离这儿只有二十英里。有什么妨碍你了?"

他本来想说"我不是他的亲戚",但是他止住了,因为这近乎背叛的念头而恼羞成怒,涨红了脸。他们是精神上的亲人。

"去看看他的眼睛是褐色还是蓝色,让你自己那老一套的……"

"我去,"他说,"如果我去,你愿意同去吗?既然你不怕见他。"

姑娘的脸色发白。"你不会去的,"她说,"你还没准备好面对这老套的……"

"我会去的,"他瞅准机会堵住了她的嘴,"如果你想和我一起去,明早九点在我姑婆家见。可是我怀疑,"他补充道,"我能不能在那里见到你。"

她修长的脖子往前探着,凝视着他。"会的,你会的,"她说,"你会在那里见到我。"

她的注意力又转向窗外,卡尔霍恩却什么都不去看。两个人似乎突然沉入了巨大的个人问题当中。喧闹的欢呼声不时从外面传来。每隔几分钟就响起音乐和鼓掌声,但这两个人都浑然不觉。最终这姑娘从窗口移开,开口道:"要是你有了大致的想法,我们就可以走了。我想回家看书。"

"我来之前就有了大致的想法。"卡尔霍恩说。

他送她到门口,分手的时候,有那么一会儿他觉得精神倍长到眩晕，随即就泄了气。他很清楚要是独自一人的话，根本不会有去看辛格顿这个念头。这会是个折磨人的经验，但也可能让他获得救赎。亲眼见到辛格顿的悲惨处境很可能给他带来足够的痛苦，足够一劳永逸地将他从商业渔利的本能里解救出来。他证明了自己唯一确实所擅长的，就是销售；对他而言，他相信，只要能忍受痛苦并且有所实现，人人生来都是艺术家。至于这个姑娘，他怀疑亲眼见到辛格顿这件事会对她产生任何影响。她有着聪明孩子特有的让人厌恶的通病——只有脑子，没有情感。

他度过了一个焦躁不安的夜晚，断断续续梦到了辛格顿。有段梦境是他开车去昆西卖一台冰箱给辛格顿。早晨醒来的时候，细雨正无动于衷地落下。他转过头去，望着灰色的窗玻璃，记不清到底梦见了什么，只大抵感觉到不愉快的情绪。姑娘扁平的脸浮现在他眼前。他想到了昆西，看到一排排红色的低矮建筑，病人们头发蓬乱的脑袋从安了栅栏的窗户内伸出来。他试着将思绪集中在辛格顿身上，可是他的心智却被这个想法惊退了。他不想去昆西。他记得是为了写一部长篇小说。他写小说的欲望一夜之间溃败，如同一只泄了气的轮胎。

他躺在床上，细雨已经变成持续的倾盆大雨。因为大雨，这姑娘可能就不来了，至少她也许会用这个作为借口。他决定等到九点，如果她不出现，他就离开。他不会去昆西，而是回家。以后哪天等到辛格顿治疗有起色的时候，再去见他或许更好些。他起床给姑娘写了一张便条，准备交给姑婆们，说他估计她经过深思后，最后做了决定，就是她无法应对这样的经历。便条非常简洁，他在结尾写着："你诚挚的。"

九点差五分的时候她到了，站在姑婆们的走廊上，湿答答地往下滴水，淡蓝色的塑料雨衣像根管子一般罩住了她，只露了一张脸。她拿着个湿湿的纸袋子，大嘴巴拧成一个模棱两可的笑容。一夜之间，她似乎丧失了部分自信。

卡尔霍恩几乎顾不上礼貌。他的姑婆们以为将有一场雨中的浪漫远足，在门外亲了亲他，白痴一样站在门廊上挥动着她们的小手帕，直到他和玛丽·伊丽莎白上车离开。

车子小，姑娘的个头显得很大。她一直在换着坐姿，在雨衣里扭动身子。"雨水把杜鹃花打下来啦。"她平静地观察道。

卡尔霍恩无礼地保持着沉默。他试着努力把她从他的意识层面抹掉，以便在那里重建辛格顿的形象。他已经完全失去了辛格顿。雨水灰色长条一般落下来。等他们开到公路上的时候，几乎看不见对面的田野，只隐约看到一线树林。姑娘一直向前倾着身子，眯着眼睛盯着模糊不清的挡风玻璃。"要是一辆卡车从这里开出来，"她说着，发出笨拙的笑声，"咱们就完蛋了。"

卡尔霍恩停下车。"我很愿意送你回去，我自己一个人去。"

"我必须去，"她粗着嗓子说，直愣愣地盯着他，"我必须见他。"在镜片后面，她的眼睛显得比平常时候要大，似乎含着泪水。"我必须得面对这个。"她说。

他粗鲁地再次发动汽车。

"你必须向自己证明你能承受，眼睁睁看着一个人被钉上十字架，"她说，"你必须和他一起经历。我整晚都在想着这个。"

"这个能够让你，"卡尔霍恩喃喃地说，"对生命有个更加平衡的看法。"

"太个人了，"她说，"你不会明白的。"随后她就转头看着窗外。

卡尔霍恩努力尝试集中精力想辛格顿。一个接着一个特征，他在心里拼接着他的整张面孔，每每在他即将完成之际，这个形象又分崩离析，什么都没留下。他沉默地开着车，速度随心所欲，好像打算将公路撞出个洞来，然后看着这姑娘从挡风玻璃撞出去。她不时轻轻地擤擤鼻子。开了十五英里后，雨势减弱，终于停了。他们两侧的树木成了清晰的黑色，田野一片强烈的绿色。医院的景象只要出现在视线内，他们无疑就能看见。

"基督只要忍受三小时,"姑娘突然高声说,"然而他要在这个地方度过余生!"

卡尔霍恩好不容易移开看着她的视线。她脸颊的一侧有一条新鲜的、湿漉漉的泪痕。他转移视线,心中惊惧又愤怒。"如果你不能忍受这个,"他说,"我仍然可以送你回去,我自己再回来就是了。"

"你不会一个人来的,"她说,"我们都快到了。"她擤着鼻子。"我想让他知道,有人站在他那边。我就想告诉他这个,不管对我有什么影响。"

在愤怒之中,男孩突然有了这个可怕的念头,就是他也得对辛格顿说点什么。当着这个女人的面,他能对他说什么呢?她已经把他们之间的联系弄得破碎不堪。"我希望你明白,我们是来倾听的,"他脱口而出,"我开这么远的路不是为了听你用自己的智慧吓到辛格顿。我是来听他讲述的。"

"我们应该带个录音机来的!"她嚷嚷着,"这样一来,他说的话我们能终生拥有啊。"

"你连最基本的理解力都没有,"卡尔霍恩说,"如果你认为可以带着录音机接近这样的人。"

"停!"她尖叫着,朝向挡风玻璃,"到了!"

卡尔霍恩猛地踩住刹车，狂热地望出去。

一群几乎无法察觉的低矮建筑竖立着，好像他们右边的山坡浮起一大片肉疣似的。

男孩无助地坐在那里，汽车似乎完全出于自己的意愿，转弯朝入口开去。"昆西州立医院"几个字刻在水泥拱门上，车子轻快地从中开过。

"进入此地，且放弃你所有的希望。"姑娘喃喃道。

在离大门还有一百码的地方他们不得不停下来，一个戴着白帽子的胖护士领着一队病人，这队人脚步拖沓，像群上了年纪的小学生从他们前面走过。一个牙齿参差不齐的女人，穿着糖果色条纹裙装，戴着黑色羊毛帽，冲着他们挥舞着拳头，还有一个秃头的男人热情地挥着手。队伍拖着脚走过绿地朝另一栋楼走去，有几个人朝他们投来恶毒的目光。

过了片刻车子继续向前滚动。"就在中间那栋楼前停下。"玛丽·伊丽莎白指挥着。

"他们不会让我们见他的。"他咕哝了一声。

"要是你和那件事有关联，他们是不会，"她说，"停车，让我下去。我来对付。"她的脸颊干了，说话是公事公办的语气。他停好车，她下车。他目送她消失在大楼内，带点冷酷的满足感想着她很快就会变成一个完全长大的妖怪——错误的智力，错误的感情，加上最大的效率，所有一切加在一起产生一个强势的吹毛求疵的博士。又有一队病人走过，其中有几个人指着他这辆小车。卡尔霍恩并没有看他们，但他感觉到有人在看着他。"到这儿来。"他听见护士说。

他又看了一眼，发出一声低喊。一张柔和的脸，用一块绿色手巾围了一圈，出现在他车窗外，咧着无牙的嘴朝他笑着，带着一股子让人心烦意乱的温情。

"往前走，亲爱的。"护士说。这张脸缩了回去。

男孩立刻摇上车窗，然而他的心猛然抽了一下。他再次在树桩之间看见了那张饱受痛苦的脸——大小稍许失调的双眼，宽嘴撇开着，一副压抑无助的哭相。这个形象只持续了片刻，然而当它消失之后，他确信与辛格顿的会面将会改变他的内心。在这次拜访之后，他将会获得之前从未想到过的某种异常的宁静。他闭上眼睛坐了有十分钟，心里知道某种启示即将到来，自己要做好准备。

忽然车门打开了。这姑娘弯着身子，喘着粗气出现在他身边。她脸色苍白，手里拿着两张绿色的许可证，指着上面写着的名字，一张是卡尔霍恩·辛格顿，另一张是玛丽·伊丽莎白·辛格顿。他俩盯着纸条看了一会儿，然后又看看对方。两人似乎同时都意识到他俩和他之间的亲人关系，而这个关系无从回避。卡尔霍恩大方地伸出手,她握住并摇了摇。"他在左边五号楼。"她说。

他们开到五号楼停下来。这是一栋低矮的红砖房,窗户上安了栅栏,除了外墙上有黑色的条纹印痕,和其他楼房没什么区别。其中一个窗户里伸出两只手,手掌向下。玛丽·伊丽莎白打开纸袋子,拿出为辛格顿准备的礼物:一包糖,一盒烟,三本书——一本当代图书馆出版的《查拉图斯特拉如是说》,一本平装版《大众的反叛》,和一本薄薄的裱过的豪斯曼诗集。她把糖果和烟递给卡尔霍恩,自己拿着书下了车。她朝前走着,走到半路上又停下来,用手遮住嘴。"我受不了了。"她小声说。

"好啦好啦。"卡尔霍恩友好地说。他把手放在她背后轻轻一推,她又继续往前走。

他们走进一个铺着污渍斑斑的油地毡的大厅,一阵特殊的臭味仿佛一位隐身的官员一样扑面而来。一张桌子冲着门放着,后面坐着个虚弱又疲惫的护士,她的眼睛迅速从右转向左,好像她最终盼望着来自身后的一击。玛丽·伊丽莎白交给她两张绿色通行证。这个女人看着他俩呻吟道:"去那儿等着。"她的语气疲惫不堪又忍辱负重。"他必须有时间准备。他们不该在那儿给你们发证。他们根本不知道这里那里都发生了什么事，这些医生在乎些什么啊？要是让我做主，那些不合作的，就不能让他们见人。"

"我们是他的亲戚，"卡尔霍恩说，"我们有权利见他。"

护士往后一甩头，无声地笑了笑，低声咕哝着走开了。

卡尔霍恩又把手放在姑娘背后，引着她去了等候室，他们在等候室里挨着坐在了一张巨大的黑皮沙发上，与五英尺外一张一模一样的沙发面面相觑。房间里没有其他东西，除了角落里一张摇摇欲坠的桌子，上面放着一个空空的白色花瓶。一个安了栅栏的窗户在他们脚下的地面上投下了一个个沉闷的正方形光斑。尽管这房间里除了安静再无任何其他，他们四周仍然充满了一种气氛紧张的沉寂。大楼的尽头传来一阵持续的呻吟声，微弱得如同猫头鹰的哀号；而从另一头，他们听到了猛然爆发的大笑。近到咫尺的时候，一阵持续而单调的诅咒声，如同机器般的节奏打破了寂静。每一个噪声仿佛都是单独存在，相互隔绝。

这两人坐在一起，仿佛在等待一生中的重大事件——比如婚姻或者猝死。他们看上去似乎已经在早已注定的汇合之中。就在同一刹那，两人都不由自主地萌生退意，然而为时已晚。沉重的脚步声几近门口，机械一般的诅咒声冲压下来。

两位壮实的值班人员走了进来，辛格顿如同蜘蛛似的夹在他们中间。他的脚高高地抬离了地面，两个人得架着他走，诅咒声就是来自他那里。他穿着医院那种从背后系着的袍子，脚塞在一双黑鞋子里，鞋带已经被抽走。他头上戴一顶黑帽子，不是乡下人戴的那种帽子，而是一顶黑色的德比圆顶礼帽，电影里的枪手戴的那种。两位值班人员走到空沙发前，将他从沙发背上扔过去，随后仍然抓着他，从沙发两端绕过去，坐在他身边，咧嘴笑着。他俩有可能是双胞胎，虽然一个是金发，另一个是光头，但两个人的外表都一样，愚笨的，好脾气的。

至于辛格顿，他那双大小不一的绿眼睛定定地看着卡尔霍恩。"你想要啥？"他厉声说，"说话！我的时间很宝贵！"这双眼睛和卡尔霍恩在报纸上看到的眼睛几乎一模一样，除了眼里那种具有穿透力的光芒带着一种爬行动物的特质。

男孩呆呆地坐在那里。

过了片刻，玛丽·伊丽莎白开口了，声音缓慢、嘶哑，几不可闻，"我们是来告诉你，我们能理解。"

老家伙的目光转向她，有一忽儿他的眼神绝对地静止，仿佛一只看到了猎物的树蛙。他的嗓子好像变粗了。"啊哈哈哈，"他的语气像是刚刚吞下什么可口的东西，"咦咦咦咦。"

"悠着点，老爹。"其中一个值班人员说。

"让我和她坐一起，"辛格顿说，猛然把胳膊从值班人员那里抽出来，但立刻又被抓了回去，"她知道她想要什么。"

"让他和她坐一起，"金发的值班人员说，"她是他侄女。"

"不行，"光头的那位说，"得抓紧他。他会把衣服全脱掉的，你知道他的。"

但是另一个已经松开了他的手腕，辛格顿探出身子朝玛丽·伊丽莎白那边倾过去，还在拉着他的值班人员都被带了过去。姑娘的眼神有些呆滞。老家伙从牙缝间发出不怀好意的声音。

"行啦行啦，老爹。"松了手的值班人员说。

"不是每个女孩儿我都给机会的，"辛格顿说，"小妹妹你听着，我已经治好啦。在帕翠枝镇，没有哪个人我不能把他活剥了皮的。那是我的地盘——这间酒店也是。"他的手朝着她的膝盖抓过去。

姑娘发出抑制住的轻叫。

"我在别处还有人，"他喘着粗气说，"你和我是一类人。我们不属于他们的阶层。你是女王。我会把你放在救生圈上的！"就在那一刻他的手腕自由了，他朝着她扑过去，两个值班人员马上跟着他冲过来。就在玛丽·伊丽莎白蜷缩在卡尔霍恩身边的时候，老家伙敏捷地跳过沙发，在房间里快步绕着圈。两个值班人员手脚大张要去抓他，尝试从两侧包抄堵住他。就在他们快要抓到他的时候,他踢飞了鞋子,在他们中间跳上桌子,空花瓶掉在地上摔了个粉碎。"瞧着,姑娘!"他厉声叫道,开始把医院的袍子撸过头顶。

玛丽·伊丽莎白已经往房间外面冲了,卡尔霍恩跟在她后头跑,刚好及时打开门,她才没一头撞上去。他们跌跌撞撞冲到车里,男孩立刻开车就跑,好像他的心脏就是马达,总还觉得不够快。天空是一种骨头的白色,光滑的公路在他们面前伸展开来,如同土地裸露的神经。开出五英里之后,卡尔霍恩把车开到路边,精疲力竭地停下来。他们默不作声地坐下来,什么也不看,直到最后他们终于掉过头望着彼此。就在那里,他们立刻看出来他们同那位亲戚的相似之处,畏惧不已。他们望向远处,又望回来,仿佛只要集中精力他们就能发现一个更容易接受的形象似的。对卡尔霍恩而言,女孩的面容如同一面镜子,映照着天空的一览无余。绝望之中他向她靠近,直到她的眼睛里无从避免地浮现出一张微小的面孔,将他钉在了原地。圆圆的,无辜的,毫无特点,如同一截铁链子,就是这张脸,将它生命的礼献推向未来,兴办了一个又一个节日庆典。如同一个销售老手,自始至终都守候在此,等着要收回他。

外邦为什么争闹?[1]

蒂尔曼在州立首府中了风,他原本是去那儿公干,却在那儿的医院里待了整整两星期。他不记得救护车送他回家的事儿了,不过他妻子记得清楚。她在他脚边的弹跳座椅上坐了两个小时,定定地盯着他的脸。他的左眼珠往里斜,仿佛保留了他以往的性情,这只左眼在愤怒地燃烧,脸上的其余部分正在僵化。正义是残酷无情的,当她发觉这点时,感到有些满足。可能只有这样的毁灭,才能唤醒沃尔特。

他们到家的时候,两个孩子碰巧都在。玛丽·莫德正开车从学校回到家,没有察觉救护车就在她车后。她下了车——一个大块头女人,三十岁出头,孩子气的圆脸,一堆胡萝卜颜色的头发从头顶隐形发网间露出来——她亲了亲妈妈,看了一眼蒂尔曼,倒吸了一口气,然后板着一张脸慌忙冲到护理员身后，高声告诉护理员担架怎么绕过前台阶的拐弯处。完全像个学校老师，她妈妈想，彻头彻尾的学校老师。前面那个护理员已经到了前廊，玛丽·莫德用平时管理孩子们的腔调说："沃尔特，起来开门！"

沃尔特正坐在椅子边缘，全神贯注地注视着整个过程，救护车来之前他一直在读一本书，一根手指弯曲着放在书里。他站起身打开了纱门，护理员抬着担架穿过前廊，他凝视着父亲的脸，一副着了迷的样子。"很高兴看到你回来，船长。"他说着，举起手，敬了个懒散的礼。

蒂尔曼盛怒的左眼似乎看到了他，但并没有显露认出他的眼神。

从现在开始，罗斯福就要充当护士的角色，而不是园丁了。他站在门内候着，穿着那件只有在特殊场合才穿的白色外套。他朝前盯着担架，眼里的血管充血肿胀，眼泪突然蒙上双眼，如同汗水一样在他黑色的脸颊上闪闪发亮。蒂尔曼用那支尚好的胳膊做了个无力且粗暴的手势，这是他给他们这些人唯一的表示关切的姿势。这黑人跟着担架去到后面的卧室，吸着鼻子，好像让人打了似的。

---

1 出自《圣经·旧约·诗篇》第二章第一节："外邦为什么争闹？万民为什么谋算虚妄的事？"

玛丽·莫德走进去指挥抬担架的人。

沃尔特和他妈妈留在长廊上。"关上门，"她说，"你让苍蝇都飞进来了。"

她一直在看着他，想从他无动于衷的大脸盘上找到某种信号，看他有没有紧迫感，觉得他现在必须得做主了，必须得做点什么了，什么事儿都好——即便他犯个错，她都会高兴，哪怕事情弄得一团糟，也意味着他在做事情——可是，她什么变化都没看见。他的眼睛在镜片后看着她，闪着微光。他已经看到了蒂尔曼脸上的每一处细节；他看到了罗斯福的眼泪，玛丽·莫德的慌乱，现在他又在观察她，看她如何反应。她猛地拉直了帽子，从他的眼里她看到帽子已经滑到了脑后。

"还是那样戴着好，"他说，"那样让你看起来有种不经意的放松。"

她刻意板起脸，尽力让脸色看起来坚硬。"现在就是你的责任了。"她用严厉、坚决的语气说。

他站在那里半带微笑，一言不发。好像专门用来吸收的东西，她心想，什么都往里吸，什么都不外吐。也许她打量着的是一个使用家族面孔的陌生人。他有着和她爸爸、她爷爷一模一样不做承诺的律师的微笑，长在一张一模一样笨重的下巴上，一模一样的罗马鼻子下面；他还有一双一模一样的眼睛，非蓝非绿,也不是灰色;他很快也会像他们一样秃顶。她的脸色越发严厉。"你必须接手并管理这个地方,"她说着,叉着双臂,"要是你还想待在这里的话。"

他的笑容消失了。他严厉地看了她一会儿,面无表情,接着他的视线越过她,越过对面的草场,越过四棵橡树以及远处的黑色林木线,落入了空荡荡的午后天空。"我以为这是家,"他说,"但这样设想没用。"

她的心脏收缩起来。她得到一个瞬间的启示——他无家可归。在这里没有家,在别处也没有家。"这里当然是家,"她说,"可是必须有人接手。得有人让这些黑人干活儿。"

"我没法让黑人干活儿,"他低声说,"这是我最不擅长的事儿。"

"我告诉你该做什么。"她说。

"哈!"他说,"这个你会。"他看着她,半笑不笑的。"女士,"他说,"你终于像你自己啦。你天生就是主事的。要是老家伙十年前中了风,我们都会过得更好。你能赶着马车队穿过荒原,你能阻止暴徒。你是十九世纪的最后一个呢,你是……"

"沃尔特,"她说,"你是个男人。我只是个女人。"

"你们这一代的女人啊,"沃尔特说,"比我这一代的男人强。"

她的嘴唇因怒火紧闭成一条线,脑袋无法察觉地颤抖起来。"这样说不羞愧吗!"她悄声说。

沃尔特落回到之前坐着的椅子里,打开他的书,脸上浮现出懒洋洋的神情。"我这一代唯一的美德,"他说,"就是说出真相的时候并不觉得羞愧。"他已经开始看书了。她的会谈时间结束了。

她继续站在那里,身体僵直,落在他身上的眼神带些惊愕的厌恶。她的儿子。她唯一的儿子。他的眼睛、他的脑袋、他的笑容都属于这个家族的容貌,然而在此之下是一个完全不同的男人,与她认识的人都不一样。他的身上没有天真,没有正直,无论是对原罪或者选举都毫无信念可言。她眼前的这个男人不偏不倚地追求善也追求恶,每一个问题都能看到太多层面,以致无法行动,无法工作,甚至无法让黑人们干活儿。任何邪恶都可能进入这个真空。上帝知道,她想着,屏住呼吸,上帝才知道他会干什么!

迄今为止他什么也没干过。他现在二十八岁,就她所能看到的一切而言,除了一些无聊琐事,他什么都不上心。他有某种人的气质,这种人在等待大事件的发生,什么工作都无法开始,因为一旦开始就会被打扰。既然他总是这样无所事事,她以为他可能想当个艺术家，或者哲学家之类，可是并非这么回事。他什么署名的东西都不想写。他为了乐子给那些他不认识的人写信，或者给报纸写信。用不同的名字、变换不同的性格给陌生人写信。一种古怪的、令人鄙夷的小恶习。她的父亲和祖父都是恪守道德的男人，然而相对于大恶，他们只会嘲笑这些小恶习。他们清楚自己是谁，拥有什么。然而很难知道沃尔特知道些什么，或者他对事物的看法。他读的书和当下重要的事情毫无干系。她经常靠近他身后，在他搁在那儿的书页上发现一些画了下划线的奇怪段落，接着她就会为此困惑一些日子。他留在楼上浴室地上的一本书里，她发现这样一段话，一直不祥地跟着她。

"爱须充满愤怒。"它是这么开始的。她想，是啊，我的就是。她什么时候都在生气。这段话接下来是："既然你已经唾弃了我的恳求，也许你愿意听一听规劝。你在父亲的家里意欲何为呢，哦，你这柔弱的战士？哪里是你的堡垒和战壕，在前线度过的冬天又在哪里？听啊！战斗的号角在天堂吹响，看我们的将军如何全副武装前行，在云端征服整个世界。从我们国王的嘴里吐出一把双刃剑，一路所向披靡。快点从你的小憩中起身，来到这战场！抛弃阴影，寻求太阳。"

她翻到书的背后，看看自己读的什么书。是圣杰罗姆写给一个叫赫利奥多罗斯的人,指责他放弃了沙漠。底下的脚注解释赫利奥多罗斯是一个著名团体的成员,此团体于公元三七〇年聚集在阿奎莱亚的杰罗姆周围。他陪伴圣杰洛姆去到近东地区,计划实行隐士生活。赫利奥多罗斯继续前往耶路撒冷时他俩分道扬镳。最后他返回意大利,在他的后半生里成为著名的传教士——阿提努姆的主教。

这就是他读的东西——对当下毫无意义。接着伴随着一阵不悦的微微一惊,她突然想到,那个口吐宝剑,一路暴行的将军,就是耶稣。

你不会比死人更惨

弗朗西斯·马里恩·塔沃特的舅公死了才半天，塔沃特酒醉得连墓坑都没挖好，正巧遇上一个叫巴福德·芒森的黑人来沽酒，帮着挖完了坑，把还坐在餐桌边的尸体拖到墓坑处，按照基督徒的方式体面埋葬了。坟头有个救世主的标志，填土也足够深，以免野狗把尸体挖了去。巴福德中午时分来的，离开时已是太阳落山，塔沃特的酒还没醒。

老头是塔沃特的舅公，至少他是这么说的。打这孩子记事以来，他俩就一直住在一起。他的舅公说，是他七十岁那年把他救了下来，含辛茹苦把他养大；他死的时候八十四岁。塔沃特这样推算自己的年龄就是十四岁。舅公教他识数、阅读、作文和历史，从亚当被赶出伊甸园开始，一直讲到赫伯特·胡佛总统，再到基督复临和审判日。除了给他好的教育，他也把塔沃特从他唯一的亲戚——老塔沃特的外甥手里救了出来。这个外甥是名教师，没有子嗣，打算领养姐姐的孩子，按照自己的理念把他带大。老塔沃特的阅历让他足够清楚他所谓的理念到底是什么。

老塔沃特在这个外甥家里住了三个月，开始他以为外甥是出于善心，可他接下来发现这和行善完全没关系。他在那里住的三个月，这外甥一直在偷偷观察他。他是用行善的名义收留老塔沃特，悄悄潜进他的灵魂，问些别有用心的问题，在房子周围设了陷阱，看着他落入圈套，最后据此还撰写了以他为题的研究文章，刊登在校办教师杂志上。他的恶行传上天庭，上帝亲手解救了老人，赐以神示，让他带上孤儿远走高飞，到最偏远的荒凉林子，将他扶养成人，以此获得他的救赎。上帝允诺他长寿，他就在老师的眼皮底下带走了孩子，带着他到了这片他的有生之年都将拥有的林间空地上一起生活。

任教的外甥名叫雷伯，他最终发现了老头和塔沃特的居住之地，跑来要将男孩带回。他不得不把车停在土路上，顺着一条时隐时现的小道在树林里走了一英里，终于来到一片玉米地，地中央竖着一栋简陋的两层木棚。老头总是很乐意回忆那天的情景，对塔沃特讲述外甥那张汗淋淋、红通通哭丧的脸在玉米地里时高时低地出现，身后跟着他带来的戴着一顶粉红花帽的政府福利部门女社工。门廊台阶前面两英尺的地方就种着玉米,外甥从玉米地里钻出来时,老头已经端着猎枪站在门口,声称谁只要踏上这台阶一步,他就开枪。两个人就这么对峙着,头发蓬乱的女社工从玉米地里钻出来,活像一只在巢里躁动不安的雌孔雀。老头说,要不是这个女社工,他的外甥还不会跨出这一步,然而她就站在那儿等着,把粘在她长额头上的几缕染过的红头发捋到脑后。他俩脸都被带刺的灌木丛划出了血痕,老头还记得女社工的衬衫袖子上钩着一串黑莓枝。她好像费尽了最后的耐心,只能慢慢吐出一口气。外甥就在这一刻抬起腿走到台阶上,老头冲着腿就开了一枪。这两人惊惶逃窜,把玉米地弄出沙沙的响声,女人尖叫道:"你怎么不早说他是个疯子!"他俩从玉米地的另一端钻出来时,老塔沃特已经跑到二楼窗边,看到她单手搀扶着他单脚跳着进了林子;后来他才听说外甥娶了她,虽然她足足比他大两轮,顶多只能给他生一个孩子。她再也没让他来过这里。

老头死的那天早上,和往常一样下楼做早餐,第一勺没进嘴就死了。棚屋的一楼就是厨房,又大又暗,中间一个柴火灶,灶台边是一张木板桌。角落里堆着饲料和麦麸、废弃的金属料、木料刨花、旧绳子、梯子以及被老头和塔沃特随意扔在地上的其他易燃物。他们原本一直睡在厨房里,直到有天晚上一只野猫从窗口跳进来，吓着了他，这才把床搬到楼上，那儿空着两间房。他当时就预言爬楼梯会折他十年的寿。他死的那一刻，正坐下来准备吃早餐，一只结实的发红的手举起餐刀正要送到嘴里，突然大惊失色，放下刀子，手落在盘子边缘，碰得盘子向上翻了一下掉到桌下。

他是个健壮如牛的老人，短小的脑袋似乎直接安在肩膀上，外凸的银色眼珠仿佛两条奋力要挣出红色渔网的鱼。他头戴一顶帽檐上翻的油灰色帽子，汗衫外面套了件已褪成灰色的黑外套。塔沃特坐在他对面，眼见着老头脸上暴出红筋，浑身颤栗，仿佛一场地震，源于心脏，向外扩散，直抵皮肤表面。他一边的嘴角向下猛地一扭，但身体保持得非常平衡，背部距离椅背足有六英尺，肚子正好卡在桌沿下面，僵死的银白色眼睛盯着对面的男孩。

塔沃特感到那种颤栗扩散出来，轻轻掠过他的身体。他不用摸就知道老头已经死了，他就这么继续坐在尸体对面，在一种阴沉的尴尬中吃完了早餐，好像在一个陌生人面前不知道说什么。最后他用抱怨的语气说："别急，我告诉过你我会处理好的。"这声音听起来像从陌生人的嘴里说出来，似乎死亡改变的是他，而不是老头。

他起身把盘子拿到后门外，放在最底下的台阶上，两只长脚黑斗鸡从院子那头奔过来，把盘子上的残渣啄食一空。他坐在后门廊上的松木长箱上，心不在焉地解开一段绳索，高颧骨的长脸朝向前面的空地，目光越过紫色与灰色相间的树林，直抵清晨空荡荡的天空下浅蓝色的树林天际线。

这块空地不仅远离了土路，也远离车道和小径。最近的邻居都是有色人种，没有白人，也只能步行穿过林子，一路拨开李树枝叶，才能到达这片空地。老头在空地左侧种了一英亩的棉花，一直种到篱笆墙这儿，几乎都到屋子的外墙上了。双股铁丝网穿过棉花地中央。一缕驼峰形状的轻雾悄然移近，好像白色猎犬准备伏身匍匐过院落。

"我要移走那个篱笆，"塔沃特说，"我可不要把我的篱笆放在地的中央。"声音听起来洪亮，依然陌生而且不悦，他没说完下面的话，把余下的念头在脑子里过了一遍：这地方现在属于我了，不管是不是在我的名下。我在这里，没有人能把我赶走。如果有什么老师过来索要产权，我就杀了他。

他穿了一条褪色的连体工装服，灰帽子如同盖帽那样一直拉到盖住耳朵。他随了舅公的习惯，除了上床睡觉，绝不脱下帽子。直到现在，他仍然遵循舅公的习惯行事，然而他想到：如果我想在埋了他之前移走这篱笆，也没有谁能阻止我，没有谁能高声唱反调。

"先埋了他，了却一桩事。"这个洪亮、陌生且不悦的声音说，他继而起身，去找铁锹。

他一直坐着的那只松木箱就是舅公的棺材，可他不打算用。老头太沉，他这么瘦巴巴的男孩，没法把尸体翻过棺材沿。虽然这箱子老塔沃特几年前就亲手打造好了，可他也说过，到时候如果男孩搬不动，就把他直接拖到坑里埋了，只要坑够深就好。坑要挖到十英尺，他说，八英尺还不够。他费了很长时间才做好这个松木箱，完工的时候他在箱顶刻上"梅森·塔沃特，与上帝同在"。箱子立在后廊上，老头还爬进去躺了一会儿，从外面看，只看到凸起的肚皮，好像发酵过头的面包。男孩站在箱子旁边端详他。"这是我们所有人的归宿。"老头心满意足地说，粗厉的声音在棺材里听起来精气神十足。

"这盒子装不下你，"塔沃特说，"我得坐在盖子上压压才行，要不就等你再烂掉一点。"

"别等了，"老塔沃特说，"听着，到时候如果箱子派不上用场，你搬不动，就把我拖到坑里好了，就是坑要挖深些。我要十英尺，八英尺不行——十英尺！实在不行，你把我翻着滚进去，我会滚的。备好两块板子，放在台阶上，让我滚下去，我在哪儿停下，你就在哪儿挖个坑，坑要挖得足够深，再把我翻进去。先弄几块砖把我支住，这样我就不会不小心滚下去，坑没挖好之前，也别让野狗把我拱出去。你最好把狗关起来。"

"万一你死在床上呢？"男孩问，"我怎么把你弄到楼下去？"

"我不会死在床上的，"老头说，"我一听到上帝的召唤就会跑到楼下去。我尽量跑到离门近一些。要是我真在楼上动不了，你就只能把我滚下去了。就这样。"

"我的上帝啊。"这孩子说道。

老头从箱子里坐起来，拳头落在箱沿上。"听着，"他说，"我对你从来要求不多。我带你到这里，把你养大，把你从镇上的那个傻瓜手里救出来。现在我只求这一点回报：等我死了，让我入土为安，那是死人的归宿，在我坟头立个十字架，表明我在那儿。在这世上我只求你帮我做这一件事。"

"我能把你埋了就算很不错了，"塔沃特说，"把你埋了之后，我肯定累坏了，没力气再竖什么十字架了。我不想费心这些芝麻绿豆大的小事。"

"小事！"舅公生气地说，"等到这些十字架汇合的那一天，你就知道什么是小事了！安葬死者可能是你自己能做的唯一的好事！我把你带到这里养大，就是为了把你教育成为基督徒，"他大吼道，"如果你成不了，我会下地狱！"

"要是我没有力气办成这件事，"这孩子带着一种超然的神情看着他,"我会通知镇里的舅舅,那个老师,他会过来料理你的后事,"他拉长了声调,注意到老头发紫的面孔上的小斑点都变白了,"他会料理好的。"

老头眼周的皱纹变深了。他紧紧抓住棺材的两边朝前推,好像要把它推下门廊。"他会把我烧掉,"他声音沙哑地说,"他会把我扔进炉子里烧掉,再洒掉我的骨灰。'舅舅,'他会对我说,'你这种人已经快要绝种了!'他会很愿意付钱给殡仪馆,让他们烧了我,他就能洒掉我的骨灰了,"他说,"他不相信耶稣会复活。他不相信最后的审判日。他不相信……"

"死人不会在意这些细节的。"男孩打断了他。

老头一把抓住男孩外套的前襟,把他拉得贴在木箱边沿,两人的脸相隔不足两英尺。"世界是为死人准备的。想想所有这些死去的人吧,"他说着,好像已经想好了如何回答一切傲慢无礼的人,"死人比活人要多百万倍,死人死的时间比活人活的时间要长百万倍!"他松开男孩,放声大笑起来。

男孩只是眼中闪过一丝颤栗,表明他受到了惊吓,过了片刻,他说:"这学校老师是我舅舅。是我唯一活着的血亲,如果我想去找他,我现在就可以去。"

老头沉默地看着他足有一分钟,然后双手往箱子两边一拍,大吼道:"受瘟疫召唤的,必死于瘟疫;受刀剑召唤的,必死于刀剑；受火焰召唤的，必焚于火焰！"眼见这孩子浑身发抖。

一个活人，他去拿铁锹时心想，他最好别到这儿来把我赶走，否则我一定会杀了他。他的舅公说了，去找他就会下地狱。我把你从他那里救出来，把你养到这么大，如果我一入土你就去他那儿，我也实在没办法。

铁锹靠在鸡笼边上。"我不会再踏进城里一步，"塔沃特说，"我不会再去找他。他也好，任何人也好，都别想把我从这个地方赶走。"他决定在无花果树下挖个墓坑，老头的尸体能给果树提供养料。地面的最上层是沙子，下面是坚实的砖地。他把铁锹往沙地上一插，叮当作响。他一只脚踩在铁锹上，身子前倾，仰头看着树叶间的白色天空，心想：要埋一个两百磅重的小山似的死人，得花上一整天才能从这个石地上挖出足够大的坑，而那个老师只要一分钟就能把他火化了。

塔沃特从未见过那个老师，只见过他的儿子，长得和老塔沃特很像。老头带着塔沃特进城那天，看到这孩子和自己如此相像，大为震惊。他就这么站在门口，瞪着小男孩，卷起舌头在嘴巴周围绕了一圈，像个老傻瓜似的。这是他第一次，也是唯一一次见到那个小男孩。"在那里待了三个月，"他总这么说，"在亲戚家里被自己人背叛，简直是奇耻大辱。如果我死了，你想把我交给那个背叛我的人，把我给火化了，那你就去吧，去吧，孩子！"他大吼着从棺材里坐起来，拉长着布满斑点的脸。"去吧，让他把我给烧了，但小心点，烧完后有对爪子会紧紧抓住你的喉咙！"接着他的手在空中乱抓一气，给塔沃特看。"我受到的启示，他全都不信，"他说，"我不会被烧掉的。等我死了，你自己最好在这林子里过，哪怕日头很低，照进来的光亮不足，也比在城里和他过得好！"

白雾飘过院落，消失在下一块田里，此刻空气清爽。"死人可怜，"塔沃特用一种陌生人的音调说，"你不会比死人更惨。无论得到什么，死人只能接受。"没人来烦我，他想，再也不会了。做任何事都不会有人来阻碍我。一条沙色的猎狗在附近的地上摇着尾巴，几只黑鸡在他挖出来的泥土里用爪子抓来抓去。太阳滑落到蓝色的树林线，被一圈黄色光晕围着，缓缓越过天空。"现在我想做什么就做什么。"他说，陌生的音调稍微柔和了些，以便自己可以容忍。他看着老头留下的这几只心爱的却毫无价值的黑色矮脚斗鸡，心想，我可以把这些鸡都宰了，只要我想。

"好些蠢东西他都喜欢，"陌生人说，"其实他幼稚得很。说真的，那个学校老师压根儿没伤害过他。你看，这老师做的事情就是观察他，把自己看到的听到的写成文章，给同事们读。这个有什么错？没什么嘛。谁会在乎学校老师读了什么？而这个老傻瓜的表现，好像自己的灵魂被谋杀了似的。喏，那时候他以为自己快死了。没想到又活了十五年，还把一个孩子养大，大到可以让他入土为安，挺合自己的心意。"

塔沃特用铁锹掘着地，陌生人的声音似乎压着怒火，反复说道："你得靠自己把他整个儿埋掉，可那个教书的一分钟就能烧了他。"大概挖了一个小时左右，墓坑才一英尺深，还没有尸体高。他在坑边坐了一会儿。日头在天上，像个刺眼的白色大水泡。"死人比活人麻烦多，"陌生人说，"那个教书的根本不用去想，末日来临时，所有带着十字架标记的尸体将被汇集在一处。在世界上的其他地方，人们做事的方式和老头教给你的不一样。"

"我去过一次，"塔沃特嘟囔着，"用不着别人告诉我。"

两三年前，老头去了城里，请律师限定财产继承权，以便他名下的财产可以跳过那老师，直接由塔沃特继承。老头在和律师谈继承相关的法律程序，塔沃特坐在十二楼的律师办公室的窗边，俯瞰那一块城市街道。从火车站出来的一路上，他昂首挺胸地走在成片移动的钢筋水泥之间，其间点缀着人们的小小眼睛。他自己眼睛的光芒是被屋顶般僵硬的帽檐遮蔽住的，那顶崭新的灰帽子稳稳地夹在两只耳朵中间。进城前，他读过年鉴，知道这儿有六万人是第一次看到他。他想停下来和每一个人握手，告诉他们他叫弗朗西斯·M.塔沃特，他只在这里待一天，陪他的舅公到律师那里谈公事。每经过一个路人他都会扭过头看，直到路过的行人太多他无法应付。他还发现行人不像乡下人那样和你对视。有几位路人撞到他，原本可以结交为友，但什么都没发生，因为这些人只将脖子缩进衣服里，嘟囔着说声抱歉，继续急匆匆往前走。如果他们有耐心等一等，他倒会接受他们的歉意。在律师事务所里，他跪坐在窗边，伸出脑袋朝下看着飘浮着斑斑点点的街道，如一条锡河般流动，太阳在苍白的天空中移动，在锡河表面投下层层点点的光影。你得在这儿干点什么特别的，才会让他们注意到你，他想。他们不会仅仅因为上帝创造了你就会注意到你。如果我决定在这里扎根，他对自己说，我一定要干出点名堂来，让每一双眼睛都会为我做的事情目不转睛地看着我；他往前倾了倾身子，看到自己的帽子轻柔地掉了下去，漫不经心地往下落，被微风吹拂，消失在下面的车流之中。他抓紧自己的脑袋，往后跌回到房间里。

他的舅公正和律师争论不休，两人都曲着膝盖，同时用拳头敲着两人中间的桌子。律师是个圆脑袋、鹰钩鼻的高个子，不停用压抑住的尖嗓子重复说："可遗嘱不是我立的。法律也不是我定的。"而舅公的声音粗哑："我也没有办法。我老爹不会愿意这样处理，必须跳过他。我老爹不愿意看到这样一个傻瓜继承他的财产。这不是他的本意。"

"我帽子掉了。"塔沃特说。

律师往后一倒，坐回他的椅子里，拖着吱嘎作响的椅子朝塔沃特移过去，淡蓝色的眼睛毫无兴致地看了塔沃特一眼，又继续朝前移动，对他的舅公说："恕我无能为力，你在浪费你我的时间。就按照遗嘱行事吧！"

"听着，"老塔沃特说，"有一阵子我以为自己完蛋了，又老又病又穷，一无所有，又快死了，我接受他的好意是因为他是我最近的血亲，你可以说他有这个义务收留我，只有我以为这是行善，我以为……"

"你怎么想怎么做，或者你亲戚怎么想怎么做，我管不了。"律师说着，闭上眼睛。

"我的帽子掉了。"塔沃特说。

"我只是个律师。"律师说，目光掠过一排排黏土颜色的律法书籍，办公室被这些砖头般的书籍围得如同堡垒。

"这会儿肯定被车碾过去了。"

"听我说，"他的舅公说，"好长时间他一直在研究我，为了他正在写的那篇文章。让我住他家，只是为了写这篇文章研究我。在他自己的亲人身上做秘密测试，像个偷窥狂似的窥探我的灵魂，然后对我说：'舅舅，你属于快要绝种的那种人！'快要绝种！"老头扯着嗓子说，气得几乎发不出声音。"你看看，我像个绝种的吗？！"

律师闭上眼，半边脸颊上泛起笑意。

"再找律师，"老头咆哮着离开了，马不停蹄地见了三个律师，塔沃特一路上都在数，数了十一个人，这些可能戴着或者没戴他帽子的人。最后，他们从第四个律师事务所走出来，在一家银行大楼的窗台上坐下来，舅公往口袋里摸索随身带着的饼干，递给塔沃特一块。老头吃着饼干，解开衣扣，让大肚腩舒舒服服地垂到大腿上，脸上余怒未消，布满麻子的脸上的皮肤由粉红变成紫色，再变成白色，麻点似乎在跳来跳去。塔沃特面色苍白，眼睛在陷得深深的眼窝里闪光。他头上围着一条很旧的工作头巾，头巾的四角都打了结。路上行人打量他，他也毫不在意。"感谢上帝，我们在这儿的事终于办完了，现在可以回家了。"他喃喃自语道。

"我们没在这里玩完。"老人说着，突然站起身，沿着街走去。

"我的耶稣啊，"男孩哑着嗓子说，跳起身赶上他，"我们就不能好好坐下来休息会儿？你就不会好好想想？他们告诉你的都一样。法律就是这么规定的,你没法改。连我都能明白,为什么你不能?你到底怎么回事?"

老头大步往前走,头向前倾着,好像闻到了敌人的气息。

"我们这是去哪里?"塔沃特问道。他俩刚走出商业街,正从两排灰色圆顶大楼间经过,黑色门廊向外延伸到人行道上。"听着,"他说,拍着他舅公的屁股,"我可从来没要求来这里。"

"很快你就会想来这里的,"老头低声自语,"趁着现在好好待个够。"

"我才不想。我从来没要求过来这里。我来了之后才知道这里是这样的。"

"记住,"老头说,"就记住我告诉过你要记住你要求来这里,来了之后你一点也不喜欢这儿。"他们继续往前走,走过一条条人行道,一排排半开着门的住房,让一点点阳光照进里面污渍斑斑的走廊。最后他们来到另一个街区,周围全是一模一样的低矮房屋。每栋房子前有一块小草坪,活像一条狗抓住一块偷来的牛排。走过几个街区之后,塔沃特在人行道上瘫坐下来:"我再也走不动了。"

"我都不知道去哪里,我不走了!"他冲着舅公沉重的背影喊道,老头没停下脚步,也没回头看他。片刻之间,他又跳起来，跟在老头身后，心想："万一他出事，我会在这儿迷路的。"

老头继续绷直了身子朝前走，仿佛嗅到了血腥味，领着他逼近敌人的藏身之处。他突然拐上一栋浅黄色房子前的短通道，僵直着身子走到白色的房门前，厚重的肩背拱着，似乎要像一台推土机般破门而入。他用拳头砸向木门，完全无视门上打磨过的铜门扣。等到塔沃特走到他身后，门已经打开了，一个胖胖的粉红脸的小个子男孩站在门内。这男孩一头白发，戴着金属框的眼镜，一双淡银色的眼睛和老头的一样。两个人站在那里面面相觑，老塔沃特的拳头还在半空，张着嘴巴，舌头傻傻地耷拉下来，左右晃着。有一小会儿胖小子似乎惊呆了，然后傻笑起来。他举起拳头，张开嘴，把舌头伸得长长的。老头的眼睛似乎都要从眼窝里瞪出来。

"告诉你爸爸，"他咆哮着，"我还没绝种！"

小男孩好像被强大的气浪震到了，身子摇了一下，几乎直接关上了门，把自己藏在门后，只露出一只戴着眼镜的眼睛。老头抓住塔沃特的肩膀，把他转了个身，推着他往小道上走，离开了这个地方。

他再也没回去过，再也没见过他的表弟，再也没见过这个学校老师。他对那个和他一起挖墓的陌生人说，他向上帝祷告永远不要见到他，虽然他们无冤无仇，他也不想杀了他，可他如果来这里搅和除了法律之外和他不相干的事，那他就不得不如此了。

"听着，"陌生人说，"这儿什么都没有，他到这里来干吗？"

塔沃特继续挖坑，没有答话。他没有特意去看陌生人的脸，但他现在已经知道了，这是一张敏锐、友善且聪慧的脸，遮蔽在一顶硬邦邦的宽檐帽下。他不再讨厌那个说话的声音，只是偶尔听来还是觉得陌生。他觉得他现在才开始了解自己，就好像舅公活着的时候，他一直被剥夺了认识自己的途径。

"我并不否认老头是个好人，"他的新朋友说，"可是，如你所说：你不会比死人更惨。死人得到什么，就得接受什么。他的灵魂已经离开了尘世，而他的肉身再也感受不到疼痛——比如火烧，或者其他任何痛苦。"

"他考虑的是末日。"塔沃特说。

"那好吧，"陌生人说，"你没想过，一九五四、一九五五或者一九五六年竖起来的所有十字架到了末日审判那天，都会烂透的吗？烂成灰，就和你把他烧了之后的骨灰一样？我问你：这些淹死在海里的水手被鱼吃了，这些鱼又被别的鱼吃了，那鱼又吃鱼的话，上帝会怎么办？还有那些家里失火被烧死的？要么被这样烧死，要么被那样烧死，或者掉到机器里被碾成肉酱？还有这些当炮灰的士兵们？还有那些尸骨无存的人都怎么办？"

"如果我火化了他，"塔沃特说，"就不是天灾，而是人为。"

"哦，我明白了，"陌生人说，"你不是担心对于他的审判日，你是担心你自己的审判日。"

"这是我的事情。"塔沃特说。

"我不是多管闲事，"陌生人说道，"这事和我没关系，你一个人留在这空荡荡的地方。永远是一个人，在这荒凉的地方，照着那一点点可怜的阳光。照我看，你一无所有。"

"被救赎了。"塔沃特喃喃道。

"你抽烟吗？"陌生人问。

"想抽就抽，不想抽就不抽，"塔沃特说，"需要埋就埋了，不需要就不埋。"

"去看看他是不是从椅子里滑下来了。"他的朋友建议道。

塔沃特将铁锹往墓坑里一扔，返回木屋。他把前门推开一条缝，凑过脸往里看。舅公朝他这边斜瞅过来，仿佛一名法官发现了某些可怕的证据。男孩飞快地关上门，返回到墓坑。虽然汗衫已被汗湿，紧贴在背上，他还是觉得冷。

太阳正当头，死气沉沉的，屏息凝神等待正午过去。墓坑大概有两英尺深了。"要十英尺，记住，"陌生人笑着说，"老家伙都很自私。你不能指望他们，一个都不能。"他接着这样说，长叹一声，叹息如同一阵沙子被风扬起来，又突然跌落在地。

塔沃特抬头看见两个身影穿行在田间，一男一女两个有色人种，都用一个手指拎着一个空醋罐子。女人个子很高，长得像个印第安人，戴一顶绿色遮阳帽。她熟练地弯腰穿过篱笆，朝墓坑这边走过来；男人用手压低篱笆，跨了过去，紧跟在她身后。他俩盯着土坑看，在坑边停下来，脸上带着惊讶而满意的神情看着新挖的土。叫巴福德的男人有一张皱巴巴的脸，像一块被烧过的破布，肤色比他帽子的颜色还深。"老人过世了。"他说。

女人抬起头，发出一声缓慢悠长的哀号，刺耳且庄重。她把罐子搁在地上，交叉手臂，举到半空，再次哀号。

"告诉她闭嘴，"塔沃特说，"现在这儿我说了算，我不想听见黑人的哀悼。"

"我连着两晚看见他的灵魂，"她说，"连续两晚，他未得安息。"

"他今天早上才死的，"塔沃特说，"如果你们想打酒，把罐子给我，我去灌酒的时候，你们接着挖。"

"他很多年前就在预言自己的死亡，"巴福德说，"一连几个晚上她都在梦中见到他，他没有安息。我很了解他，我真的非常了解他。"

"可爱的小可怜，"女人对塔沃特说，"你打算一个人在这孤独的地方做什么呢？"

"不关你的事。"男孩咆哮着，从她手里一把夺过罐子，他走得这么急，差点摔跤。他昂首阔步走过后院，朝着空地周围的那圈树林走去。

鸟儿们都钻进林子深处，躲避正午的烈阳，还有一只画眉躲在男孩前方不远处，反复鸣叫着四个音符，每一声后面都静默片刻。塔沃特开始加快脚步，继而开始小跑，片刻之后就像被什么东西追赶着，顺着落满松针的滑溜溜的山坡一路奔跑而下，他不时停下来，抓住树干，稳稳身子，喘着粗气，再往上爬。他撞进一堵墙一般的忍冬树丛，越过一个几近干涸、布满沙粒的溪床，跳下高高的黏土堤，这个黏土堤形成了一个山洞的后墙，老头把他多余的酒藏在这个地方，还用块大石头挡着。塔沃特使劲试着推开这块石头，而那个陌生人则站在他上方，喘着粗气说："他疯了！他疯了！他到底是疯了！"塔沃特推开石头，从洞里拖出一只黑罐，靠着堤岸坐下来。"疯了！"

陌生人哑着嗓子说，瘫坐在他身边。树木围绕着这藏酒之处，太阳从树林后悄然出现。

"一个七十岁的男人，把一个小孩子带到荒郊野外养大成人！假如你四岁的时候他就死了，你能把麦芽酱抬进蒸馏器，靠酒养活自己？我从没听说过一个四岁的孩子能管理蒸馏器。"

"我从未听说过，"他继续说，"你对他来说不算什么，除了被养到足够大，等他死了可以让他入土为安。现在他死了，不用管你了，但你还得把这两百磅的尸体埋到地下。哪怕你偷喝一滴他的酒，他准会气得像煤火灶一样。"他接着说道，"他也许会说喝酒伤身，而他真正的意思是怕你喝多了，没法好好埋葬他。他说他把你带到这里，遵循原则把你养大成人。这原则就是：等到了那个时候，你身强力壮，可以体面把他埋了，在他坟头安个十字架，他就可以安息了。"

"好吧，"他换了柔和些的语气，看到这男孩从黑罐里深深喝了一口，"喝一点儿不会有事的。适度就不会伤身。"

如同一只燃烧的手臂滑下塔沃特的喉咙，好像恶魔已经到了他的体内，要抓住他的灵魂。他眯起眼，看着发怒的太阳悄悄爬到树林的最高处。

"悠着点。"他的朋友说道，"还记得你见过的那些唱福音的黑人歌手吗？都喝高了，围着那辆黑色福特，唱着歌跳着舞。耶稣啊，如果不是喝了酒，他们才不会因为得了救赎高兴成那样。如果我是你，我才不会对救赎那么在意呢，"他说，"有些人就是把每件事都看得太重。"

塔沃特喝得更慢了。之前他只醉过一次，那次舅公拿着木板狠狠揍了他一顿，说喝酒会融化孩子的内脏。这又是一个谎言，他的内脏可没被化掉。

"你现在应该看清楚了，"他友善的朋友说道，"你的生活被那老头给耍了。过去的十年里，你完全可以成为城里人。可你被剥夺了和人交往的机会，只能和他在一起，一直住在这荒郊僻壤中的两层破木屋里，从七岁开始就跟在一头骡子和犁具后面。你怎么知道他给予你的教育是货真价实的？也许他教你的算术法则根本没人用？你怎么确定二加二等于四，四加四等于八？也许其他人根本不这么算。你怎么知道是不是真有亚当这个人？耶稣拯救你的时候，你就真能无忧无虑？你怎么知道祂真做过这件事？都是老头说的，现在你该很清楚了，他就是个疯子。至于审判日嘛，"陌生人说，"每一天都是审判日。"

"你都这么大了，难道还不明白这一点？你做的每件事，你做过的每件事，难道不都是在你眼前摆明了对错，而且通常在一天结束之前就一清二楚了？难道你做错了事能逃脱惩罚？不会的，想都别想。"他说，"既然你都喝了这么多，你最好把这酒喝完得了。一旦你过了度,就无法回头了,头晕目眩的感觉从你大脑顶端开始往下走,"他说,"这是上帝将祂的祝福之手放在了你的头上。祂让你得解脱。那老头是你的绊脚石,上帝已经把它移开了。当然祂还没有把它移得够远,但祂已经做了主要的部分,剩下的你得自己来。赞美上帝。"

塔沃特的双腿已经失去知觉。他打了个盹,脑袋歪向一边,嘴巴张着,酒罐从他大腿上翻倒在一旁,酒慢慢流出来,最后只剩下瓶口挂着一滴,凝聚在那里,反射着太阳的光,无声地慢慢滴落。明亮平静的天空开始隐退,被云朵打乱,直到每一道阴影都被遮蔽。他身子突然一挣,醒过来,他的眼睛聚焦又失焦,面前似乎悬着一块烧过的破布。

巴福德说:"你不该这样。你这样对老头不公平。死者入土才能安息。"他蹲在脚后跟上,一只手抓住塔沃特的手臂。"我去到门口,看到他还坐在桌旁,甚至都没被平放在木板上。如果你想摆放过夜,应该把他平放在木板上,在胸口撒点盐。"

男孩把眼皮眯成一条缝,才看得见固定的影像,他马上认出这双红色的肿泡眼。"他应该躺在合身的坟墓里,"巴福德说,"他沉在生命的深处,体会耶稣的苦难。"

"黑鬼,"男孩说道,动了动他肿胀的舌头,"别碰我。"

巴福德挪开手。"他需要安息。"他说。

"等我和他之间完事了,他会安息的,"塔沃特含混说道,"走开,我有正事要干。"

"没人会烦你。"巴福德说着站起身。他等了一分钟,弯腰看着这个四仰八叉瘫软在堤岸上的身形。男孩的头朝后靠在从黏土堤上伸出来的一个树根上,嘴巴张着,上翘的帽檐在他前额上划出一条笔直的印痕,刚好就在他半睁半闭的眼睛上。他的颧骨很高,又瘦又窄,如同十字架的横臂,颧骨下的凹陷看起来很古老,仿佛这孩子皮肉下的骨架和这世界一样老。"没人会来烦你,"黑人喃喃自语推开忍冬树丛,头也不回地走了,"那是你的事。"

塔沃特又闭起眼睛。

一只夜鸟的叫声惊醒了他。叫声并不尖利,只是持续不断的嗡嗡声,仿佛这只鸟每次鸣叫都在他之前唤起他的苦衷。云朵痉挛般穿过黑色天空,不安分的粉月亮一会儿蹿起一英尺高,一会儿又跌落下去,一会儿又跳出来。他细细观察了片刻,才弄明白,此时天空低沉,飞快地压下来,令他窒息。那只鸟尖叫着,及时飞走了,塔沃特摇摇晃晃走到溪床中间,四肢着地。溪床里几处水洼反射着月光,仿若苍白的火焰。他跃向忍冬树丛,拨开枝叶向前,一时弄不清楚是甜蜜熟悉的芳香还是朝他压来的重负。当他走出树丛,站在另一边时,黑漆漆的大地慢慢移动，又把他摔倒在地。一阵粉红闪电点亮了树丛，他看见树木黑色的影子刺出地面，耸立在周围。在他跌落的灌木丛中，那只夜鸟又开始鸣叫。

塔沃特站起身，朝着空地的方向走去，一路摸着树干前行，树干摸起来干燥冰冷。远处有隐隐雷声，连绵不断的苍白闪电点亮一片片树丛。他终于看到了棚屋，荒凉，漆黑，矗立在空地中央，一枚粉红的月亮颤栗悬挂在上方。他越过溪床的沙地，眼睛炯炯闪光，拖着身后支离破碎的影子。他没有扭头去看庭院里自己刚开始挖的墓坑所在的那一侧。

他在房子后面的角落里停住脚，蹲下来看着散落一地的垃圾，鸡笼、木桶、破布和木箱。他口袋里有四根火柴。他趴在地上，生了几堆小火，点燃一处，再用火苗点燃另一堆，一路慢慢朝向前廊，将火堆留在身后，任凭贪婪的火苗吞噬干燥的易燃物和木屋的地板。他走过屋前的空地，弯腰经过铁篱笆，头也不回地穿过布满车辙凹凸不平的田地，一直走到对面的树林。这时，他才转身看了一眼，粉红的月亮已经从棚屋屋顶上跌落，正在爆裂，他开始奔跑起来，身后的大火中似乎有两只鼓突的银色眼珠在巨大的震惊中放大，他被这幅景象逼迫着，在林间飞奔起来。

近午夜时，他在公路上搭了辆顺风车。开车的推销员是铜管制造公司东南区的销售代表,他给了这沉默寡言的男孩一些建议。据他说,对于那些要闯荡世界安身立命的年轻人,这是他所能给予的最好的至理名言。他们在漆黑笔直的公路上加速前行,路两边是高耸、漆黑的树木。推销员说,根据他的亲身体验,如果你不爱顾客,就不可能把铜管卖出去。他是个瘦个子,沟壑纵横般的狭长脸,看起来显然经过最猛烈的抑郁的打击。头上戴着顶硬邦邦的宽檐灰帽子,是那种想让自己看起来更像牛仔的生意人常戴的式样。他说,百分之九十五的情况下,爱是唯一有效的策略。他说,如果他想把铜管卖给男顾客,首先会问候对方妻子的健康、儿女的情况。他说他有个本子,里面记着所有顾客的姓名和他们的健康状况。一位顾客的妻子得了癌症,他在本子里记下她的名字,在后面写上"癌症",每次他去到这个顾客经营的五金店,都会问候他妻子的情况,直到她病逝。然后他在本子里写上"过世",划去了她的名字。"他们去世的时候,我都会感谢上帝,"推销员说,"这样就又少了一个要惦记的人。"

"你不欠死人的。"塔沃特大声说,好像是他上车后第一次说话。

"死人也不欠你的,"陌生人说,"这个世界就应该是这个样子——谁都不欠谁的。"

"听着，"塔沃特身体朝前，脸凑近了挡风玻璃，突然开口说，"我们开错方向了，又开回原来地方了。又看到火了，就是我们离开的那堆火。"他们前方的天空有一阵微弱且持续稳定的光亮，不是闪电。"那是同一堆火！"男孩狂乱地大喊。

"孩子，你肯定是个傻子，"推销员说，"这就是我们要去到的城市。那光亮就是城市的灯光。我猜这是你第一回出门。"

"你绕了一圈，"男孩说，"是同一堆火。"

陌生人扭过他皱纹深刻的脸孔。"我这辈子从来没有原地绕圈，"他说，"我也不是从那堆火那儿来的。我从莫比尔来。我也知道我要去什么地方。你没毛病吧？"

塔沃特瞪着眼前的光亮。"我睡着了，"他低声说，"我刚刚才醒来。"

"那你该好好听我的，"推销员说，"我一直跟你讲的，都是你应该知道的。"

译后记

第一次读奥康纳，是1997年在西双版纳首府景洪。彼时从好友手里接下一个咖啡馆，给取道景洪去老挝和缅甸的背包客们提供简便西餐。经营咖啡馆的一年里，遇到正在景洪做有关小乘佛教的博士论文、中文名字叫戴玉岚的美国犹太姑娘。店里有个小书架，供往来的背包客阅读，若是有背包客喜欢的书，可以拿走，再留下一本自己的书。戴玉岚离开景洪前在咖啡馆留下两本厚书，一本是黄色封面的《海明威短篇小说集》，一本封面是一片孔雀羽毛的《奥康纳短篇小说全集》。多年后读到奥康纳的介绍，才知道这孔雀羽毛其来有自。景洪的三四月是最热的时候，下午两三点通常客人不多，可以在店里看一个小时的书。店外的阳光明黄炙热，我随意翻着《奥康纳短篇小说全集》，无意中目光落到 *A Good Man Is Hard to Find*（《好人难寻》）上，觉得题目好便读了下去。至今还记得读完后觉得脊背发凉，尤其读到小说结尾老太太感觉到大难临头之际对罪犯头目"不合时宜"说："哎呀，你就是我的小娃呀，你就是我的儿子。"还伸出手，触到了"不合时宜"的肩膀。"不合时宜"如同被蛇咬了似的跳起来，朝着老太太连开三枪。

小说以"不合时宜"和他手下的对话结尾：

"她可以是好女人，""不合时宜"说，"但需要人每分钟朝她开一枪。"

"有点意思！"鲍比·李说。

"闭嘴，鲍比·李，""不合时宜"说，"人生就没什么真正的乐子。"

正如小说标题《好人难寻》所揭示的那样，这个短篇里没什么好人。除了尚未有机会被人世玷污的出生几个月的小宝宝之外，从自私庸俗的老太太到她平庸无奇的儿子，同样平庸的儿媳，粗俗吵闹的孙儿孙女，路上停留遇到的餐馆老板和老板娘，"不合时宜"犯罪团伙……

南方哥特、黑色、暴力、神秘、鲜明的宗教倾向，这些是提到奥康纳的小说风格时常用到的标签。在我翻译的十二个短篇里，关于种族、暴力（程度不如《好人难寻》那么强）、宗教、人的异化以及对知识分子的嘲讽都有体现。但在这些标签之下，要去细读她字里行间隐藏的东西。奥康纳是天主教徒，在清教徒盛行的美国南方，天主教徒无疑是个异数。奥康纳的暴力逻辑，就是人的救赎，可能只能通过暴力来实现。就是"每天都有人朝她开一枪"。时时刻刻生活在这种大难临头的恐惧和敬畏里，才有可能获得救赎，这是我个人的理解，相信读者诸君会有自己的见解。读奥康纳的时候，我不知为何总会突然跳到已离世的美国单口喜剧艺术家乔治·卡林对各类宗教的讽刺那里去，如果让这两位穿越时空喝杯咖啡聊聊天，不知是怎样一个景象。

奥康纳在农场的生活，每天参加弥撒，上午写作，剩下的下午时光就是恢复体力和阅读，阅读的领域是神学与文学，这是她的日常。疾病限制了她的诸多自由，而这一局限也造就了旁人很难达到的深度。二十世纪五六十年代的美国，麦卡锡主义、民谣复兴、黑人平权、女权运动、肯尼迪被刺……社会充斥着各种运动和事件。在奥康纳的作品里，读者能读到平权与种族歧视、基督教与无神论等诸多矛盾，但几乎没有嬉皮士们的爱情和民谣运动。奥康纳的作品里也几乎没有涉及过男女之间的爱情，对情欲的描写也简洁克制，比如《削皮器》里的黑泽和妓女莉欧拉的性爱。

要论奥康纳小说的标签来源，除了她的美国南部出身，也许与她父亲遗传给她的系统性红斑狼疮有关。1952年奥康纳27岁时被查出此病症，之后她返回家乡佐治亚州的农场，和母亲一起居住，直到39岁因病去世。可以想象一个情感丰沛又敏感的女性得了系统性红斑狼疮之后的日常生活，可能要忍受不停过敏发热、内脏受损、口腔溃疡、脱发、关节痛等等相关症状。疾病也限制了她的出行和一般意义上的正常生活，比如恋爱、结婚、生子。1946年，她曾在艾奥瓦大学作家写作坊驻留过一年，1948年夏天在纽约州的一处艺术家营地度过，翌年接受诗人、文学评论家、希腊古典文学翻译家罗伯特·菲茨杰拉德夫妇邀请，赴他们在康涅狄格州的乡间宅邸居住。哈罗德·布鲁姆编辑过一本多位作家写的奥康纳作品评论集，封面就是奥康纳的照片，应该是夏天照的。一头齐脖鬈发的奥康纳穿件深色裙子，双臂裸露在外，戴副眼镜，似乎在看着右手边的某个人，和她/他正在愉快交谈，笑容愉悦，脸上和手臂上并无红斑狼疮的痕迹。而在她厚厚的一本与友人的通信集《存在的习惯》里，语气轻松幽默，直到她去世的前一年，疾病加重，在写给友人的信里，只是寥寥数语提到自己的病情。

回到这部短篇集，我最喜欢的是《你不会比死人更惨》。尤其是开头：

"弗朗西斯·马里恩·塔沃特的舅公死了才半天,塔沃特酒醉得连墓坑都没挖好,正巧遇上一个叫巴福德·曼森的黑人来沽酒,帮着挖完了坑,把还坐在餐桌边的尸体拖到墓坑处,按照基督徒的方式体面埋葬了。坟头有个救世主的标志,填土也足够深,以免野狗把尸体挖了去。巴福德中午时分来的,离开时已是太阳落山,塔沃特的酒还没醒。"

从语速到语气,真是个很好的故事开篇啊!我不由得想这个舅公的一生是如何度过的?他是一个怎样的人?塔沃特和他的关系如何?塔沃特又是一个怎样的人?显然他会喝点酒。黑人巴福德呢?他是个好心肠的人,本来是过来沽些酒回家,结果帮着把卖酒人的坟墓挖好了。一种美国南部的荒诞不经(grotesque),很像科恩兄弟电影里的镜头。

《伊诺克和大猩猩》的结尾也很好。伊诺克一直想获得明星享有的被众人崇拜的感受,偷搭上巡演的车到了城市某处的公路,将明星打晕,穿着明星扮演的大猩猩的演出服,溜到公路一旁的树林,吓跑了一对恋爱的年轻人,年轻的男人首先看到"大猩猩",悄没声地独自跑掉了,年轻的女人尖叫着也跑走了,大猩猩坐在年轻情侣坐过的大石头上,目光越过山谷,眺望城市起伏的天际线。

对于一个非基督徒,从未去过美国南部、只看过几部关于美国南部的电影、听过几首美国南部民谣的我来说,要完全理解笃信天主教的奥康纳是不可能的,要理解美国南方的地域环境、真实处境以及宗教热情也是不可能的。所幸人性的本质并无多大不同,比如种族歧视、宗教意义上的救赎、现代化进程中人的异化等等这一切,生活在这片土地上的我们也同样经历着,只不过内容与形式各异罢了。几位美国和加拿大的朋友一直帮助我更充分地理解奥康纳。这其中就有最近到喜林苑做英语诗歌教学的巴里·基德曼教授,他在田纳西州的奥斯丁大学教授写作二十多年,田纳西刚好与佐治亚接壤。我们在咖啡馆里交谈了两个多小时,他一一详细回答我提出的关于奥康纳的问题。从我第一次读到奥康纳的《好人难寻》,到去年受上海译文之邀翻译这本集子,到今年与基德曼教授的交谈,中间隔了二十一年之久,我不禁想起汤姆·威兹(Tom Waits)在《时间》里唱过:"……他们都假装是孤儿,他们的记忆如同一列火车,你看到火车开走,变得越来越小哦,你无法记起的事情正是你无法忘记的,历史在每一个梦里都放进一个圣人……"

国内已经出版过奥康纳作品集的好几个版本,坊间能找到的就有2016年人民文学出版社出版的"奥康纳短篇小说全集",由陈黎、周嘉宁和张小意翻译,2018年陕西师范大学出版的奥康纳短篇小说精选集《好人难寻》,由于是翻译,更早的还有新星出版社2010—2012年由於梅翻译的《好人难寻》、仲召明翻译的《上升的一切必将汇合》和蔡亦默翻译的《智血》……可见奥康纳作为短篇小说家,为文学界、出版界所看重。这次上海译文再次组人着手翻译,希望我的译笔不至让人失望。翻译此书时,好友周琰推荐了关于奥康纳的评论文章,受益匪浅。

最后很感谢上海译文的邀请,让我有机会重读奥康纳,有机会重新回忆二十多年前在景洪咖啡馆遇到的人和事,那些喜欢阅读的背包客。

以此纪念我和好友的青春年代。

刘衎衎

Flannery O'Connor
The Geranium
根据 The Complete Stories of Flannery O'Connor FSG 1971 版选译

图书在版编目（CIP）数据

天竺葵 /（美）弗兰纳里·奥康纳著；刘衍衍译.
上海 : 上海译文出版社，2024. 9. ——（奥康纳文集）.
ISBN 978-7-5327-9579-6

I.I712.45

中国国家版本馆 CIP 数据核字第 20245L05K2 号

天竺葵
[美] 弗兰纳里·奥康纳 著 刘衍衍 译
责任编辑 / 曾 静 装帧设计 / 胡 枫 封面插画 / 刘星湄

上海译文出版社有限公司出版、发行
网址：www.yiwen.com.cn
201101 上海市闵行区号景路 159 弄 B 座
杭州宏雅印刷有限公司印刷

开本 850×1168 1/32 印张 7.375 插页 6 字数 102,000
2024 年 9 月第 1 版 2024 年 9 月第 1 次印刷
印数：0,001—4,000 册

ISBN 978-7-5327-9579-6/I·6004
定价：68.00 元

本书中文简体字专有出版权归本社独家所有，非经本社同意不得转载、摘编或复制
如有严重质量问题，请与承印厂质量科联系。T: 0571-88855633